KURT VIEBRANZ VERLAG

Burkhard Bortz

HH-St. Pauli
Kein Tag ohne Gefahr

27 Jahre Polizeidienst in Hamburg – eine Biographie

KURT VIEBRANZ VERLAG

Anmerkungen zu diesem Buch

Alle Namen der Beteiligten, Einsatzorte und Zeiten wurden geändert. Bei den einzelnen Geschichten handelt es sich um meine eigenen, persönlichen Erlebnisse als Polizeibeamter, so wie ich diese im Einsatzgeschehen wahrgenommen habe und manchmal in Sekunden entscheiden mußte. Der Name »Tarzan« konnte nicht geändert werden. Der betreffende Polizeibeamte war schon zu Lebzeiten eine Legende auf St. Pauli.
Eine juristische Bewertung der einzelnen Fälle ist damit nicht verbunden und auch nicht beabsichtigt.

Impressum:
Herausgeber: Burkhard Bortz, Hamburg

by Kurt Viebranz Verlag (GmbH & Co.)
D - 21493 Schwarzenbek, Telefon: 04151 - 88 90 24
eMail: Kurt.Viebranz.Verlag@t-online.de

ISBN: 3-921 595-27-4

Satz: Katharina Reese
Titel-Gestaltung: Sabine Gindl-Groening
Druck: Girzig + Gottschalk, Bremen

Die Einsatzfotos wurden freundlicherweise
zur Verfügung gestellt von:

Michael Arning (Umschlag, Rückseite u. re.)
Thomas Metelmann (Titelbild)
Bernhard Rudolph
Christoph Leimig

Es ist schwer, einen Partner und Freund zu verlieren!

In Erinnerung an
Polizeikommissar Reiner F. (Rene)

Es war einfach einmalig, Reiner über fünf Jahre als Zivilfahnder auf St. Pauli zu begleiten.
Als junger Polizeibeamter habe ich aus seiner Erfahrung viel gelernt. Wir waren erfolgreich, haben manche gefährliche Situation überstanden und waren damals ein perfektes Team.
Noch heute denke ich an die vielen Erlebnisse auf St. Pauli zurück und danke ihm, daß er mir auch in den letzten Jahren immer noch mit seinem Rat zur Seite stand.

Ich werde Reiner nicht vergessen.

Burkhard Bortz

Inhaltsverzeichnis:

Vorwort ... 8
Einstieg in die Polizei ... 11
Dienstantritt ... 16
Erstes Feuer ... 17
Der Lebensmüde ... 19
Fahrende Bomben ... 20
Zivilfahnder ... 23
Jahreswechsel 1979/1980 ... 29
Gefürchtete Rotation ... 31
Dramatisches Grünkohlessen ... 34
Technik ... 37
Der General geht ... 38
Dienstunfälle ... 39
Schmerzhafte Verletzung ... 40
Der Treppensturz ... 43
Der weiche Sand ... 44
Jahre später ... 45
Meine erste Praktikantin ... 46
Wahre Spezialisten ... 48
Brutale Zeiten ... 52
Die sexuelle Freiheit ... 55
Leichtes Schmunzeln ... 59
Hafenstraße ... 60
Beschwerden ... 64
Falsch verstandene Freiheit ... 67
Der Innendienst ... 70
Zweifelhafter Rekord ... 73
Maßnahmen mit politischer Wirkung ... 74
Persönliches Resümee ... 77
Neuer Anfang ... 82
Die neue Schicht ... 83
Der Tod fährt mit ... 86

Die Schlange ... 90
Gefährliche Deiche ... 91
Perfekte Zusammenarbeit ... 92
Die Leiche ... 95
40jähriger Geburtstag ... 96
Endlich wieder auf Funk ... 99
Das scharfe Schwert ... 101
Der Überflieger ... 102
Tragischer Verkehrsunfall ... 104
Polizeiunfall ... 105
Alte Zeiten ... 106
Eisige Nacht ... 108
Unheimliche Nacht ... 111
Ein schrecklicher Einsatz ... 113
Das Alter nagt ... 115
Unglaublich ... 116
Haarscharf ... 117
Landpolizei ... 118
Ein Wahnsinniger ... 120
Der hohe Baukran ... 122
Der Trick des alten Mannes ... 126
Routineeinsatz ... 127
Dramatik und Verzweiflung ... 130
Das kleine Mädchen im Nachthemd ... 134
Der heiße Toaster ... 138
Unsittlich einmal anders ... 141
Revolverheld im Suff ... 144
Der große Kleingarten ... 148
Das letzte Highlight ... 151
Appell an den Bürger und Politik ... 153
Ein guter Rat ... 157
Abschluß ... 159
Kurzinformation über den Autor ... 160

Vorwort

Siebenundzwanzig Jahre im Dienste der Hamburger Schutzpolizei waren für mich der Anlaß, einmal nachzudenken.
Die Entscheidung für diesen manchmal schönen, schweren und mittlerweile sehr gefährlichen Beruf fiel mir 1973 als junger Mann sehr leicht. Damals konnte ich nicht die Vor- und Nachteile des Polizeidienstes beurteilen. Heute denke ich manchmal anders.
Die vielen lustigen Erlebnisse des Polizeialltags, die in Sekunden auftretende Dramatik und meine polizeilichen Erfolge habe ich aus der Erinnerung ausführlich geschildert. Der Leser soll erfahren, was ein Polizeibeamter erleben kann und muß. Viele Dinge sind lustig, andere gefährlich und unfaßbar.
Meine persönliche Laufbahn verlief zunächst planmäßig, war dann aber doch von Höhen und Tiefen gezeichnet. Die Erfolge durch mein persönliches Engagement waren oft beachtlich. Die schweren Dienstunfälle ließen sich aus meiner Sicht damals nicht verhindern. Die Folgen der Verletzungen sind bei mir heute noch in jedem gefährlichen Einsatz gegenwärtig.
Aus den einzelnen Polizeigeschichten kann der Bürger unserer Stadt erkennen, was der Polizeibeamte, der rund um die Uhr im Dienst ist, leistet. Vielleicht wird einigen verständlich, wie belastend der Schichtdienst und die Vielzahl der gefahrenen Einsätze im Funkstreifenwagen tagtäglich sind.

Polizeibeamte sind in erster Linie auch nur Menschen und keine Maschinen, die auf Knopfdruck agieren. Bei einigen Einsätzen habe ich Polizeibeamte gesehen, die ihren menschlichen Gefühlen freien Lauf ließen.

Die jungen Menschen, die sich gerade in der Entscheidung zum Beruf befinden, können lebensnah miterleben, wie der Polizeidienst tagtäglich verlaufen kann.

Die Berufsanfänger werden schon erkennen können, wie lebenswichtig eine professionelle Zusammenarbeit der einzelnen Kollegen im Dienst ist. Nach mehrjähriger Berufserfahrung wird jeder zu seiner persönlichen Arbeitsweise finden.

Während meiner gesamten Dienstzeit habe ich einen konsequenten und gradlinigen Weg verfolgt. Meine persönlichen Ziele habe ich, wenn auch nach einem sehr langen Lebensweg, erreicht. Dabei haben mir viele Kollegen über Jahre hinweg geholfen.

Burkhard Bortz

Einstieg in die Polizei

Mit der Polizei hatte ich mich während meiner Schulzeit nicht befaßt. Wenige Monate vor der Schulentlassung unterhielt ich mich eines Abends mit meinem Onkel. Er war lange Jahre Diensthundeführer, Einsatzführer auf dem Streifenwagen und später Polizeiverkehrslehrer. Von den aufregenden Diensten im Polizeidienst erzählte er viel. Schließlich wurde ich überzeugt. Für mich füllte er eine zukunftsweisende, einfache Postkarte aus. Kurze Zeit später kamen die Bewerbungsunterlagen. Zur damaligen Zeit zahlte die Polizei Hamburg noch Werbeprämien für die Beamten, die es schafften, einen neuen Kollegen zu werben. Die Prämie betrug 25 Mark.
Ehe ich mich versah, meldete sich die Einstellungsstelle. Ein Beamter des gehobenen Dienstes kam sogar zu mir ins Haus. Hier verschaffte sich die Behörde einen Einblick in das Elternhaus, und sogar der Dorfsheriff wurde gehört, ob es etwas Negatives gab. Bei mir war das nicht der Fall.
Wenig später wurde ich in die Landespolizeischule vorgeladen. Es erfolgte ein schriftlicher Test, eine sportliche Überprüfung und eine ärztliche Untersuchung. Drei volle Tage war ich an der Polizeischule und sichtlich genervt. Am letzten Tag teilte mir der Leiter der Einstellungsstelle mit, daß ich eingestellt werde. Dienstbeginn sollte der 1. Oktober 1973 sein. „Das Abschlußzeugnis der Realschule können sie uns später vorlegen, muß aber nicht sein, die Voraussetzungen für die Einstellung erfüllen sie ja“, sagte er beruhigend. Die anderen in Aussicht stehenden Lehrstellen habe ich sofort abgesagt, mich noch drei Monate nach der Schule erholt, um im Oktober in Hamburg anzufangen.
Die Informationen über den Polizeiberuf waren damals karg. Niemand hatte mir gesagt, daß die Polizei vierundzwanzig Stunden im Einsatz ist und einen vernichtenden Schichtdienst ableistet. Die Rede ist hier natürlich von der uniformierten Schutzpolizei, der ich bis heute angehöre. In der Einstellungsstelle hing damals ein großes Plakat. Der Werbeslogan 1973: „Männer, die man ruft“. Auf dem Plakat

waren ein Streifenwagen, Blaulicht und eine Anhaltekelle zu sehen. Der Kontakt mit dem Bürger, viele interessante Einsätze und die ganzen dramatischen Dinge, die ein Normalbürger nie erlebt; damit wurde geworben.

Nun, gerufen hat man mich zwar nicht, aber am 1. Oktober stand ich in Alsterdorf vor der Hauswache. Es war eine endlose Schlange, und wir erhielten den ersten Befehl: In der Turnhalle aufstellen! In der Halle standen einfache Pappschilder, geordnet nach dem ABC. Der Befehl war denkbar einfach, und brav stellte ich mich hinter das Schild mit dem Anfangsbuchstaben B. So kam es auch, daß die Namen in meiner Klasse nur bis D reichten. Nach der Einteilung erfolgte die Stubenvergabe. Hier lag ich mit sechs jungen Männern auf einem Zimmer. Ungewohnt war das schon, und nachts war es nicht immer leise. Viele gaben sich, als wenn sie jahrelang zu Hause eingeengt waren und nichts durften.

Als Realschüler war ich für die dreijährige Ausbildung vorgesehen. Im ersten Jahr erfolgte nur theoretischer Unterricht. Es wurden die Straßenverkehrsordnung, das Strafgesetzbuch, die Strafprozeßordnung und das gesamte Polizeirecht durchgepaukt. Anstrengend war das, denn der Stundenplan sah zwischendrin zum Beispiel den Sportunterricht vor. Hier wurden wir fünf Kilometer durch den Stadtpark gehetzt, liefen anschließend zum Duschen und danach im Laufschritt wieder in den Unterricht.

Die Ausbilder hatten manche Scherze auf Lager. Wir mußten auf dem Hof im Gleichschritt marschieren. Wer das nicht hinbekam, trat hervor und konnte sich zu dem in ca. 100 Meter Entfernung liegenden Funkturm begeben. Alles im Laufschritt, einmal hin und wieder zurück. Der Ausbilder fragte nach der Farbe; danach wurde weiter marschiert. Ein beliebter Scherz am Freitagnachmittag war das Auslüften der Uniform. Hier wurde mehrmals auf dem Hof angetreten. Jeder hatte zwei Uniformen, einen Regenmantel und einen Wintermantel. Alles dreimal anziehen, antreten auf dem Hof und danach ging es ins Wochenende. Den Vorbereitungsdienst, also das erste Schuljahr bei der Polizei, schloß ich mit der Note befriedigend ab.

Im zweiten Jahr erfolgten kleine geschlossene Einsätze. Es wurde hier mal etwas bewacht, und Verkehrskontrollen waren schon mal dran. Ich wurde mit einem Mkw (Mannschaftswagen) diverse Male sinnlos durch das ganze Hamburger Stadtgebiet gekarrt, mit Befehlen wie „absitzen, antreten und wieder aufsitzen". Der Tag war ganz schön lang. Die Übungen im Gelände waren die Krönung. Marschieren, volle Deckung, wieder antreten und das Schnellfeuergewehr nicht vergessen. Einen großen Vorteil hatte die Sache, denn zur damaligen Zeit war ich durchtrainiert, wog dreiundsiebzig Kilo und war topfit. Geschadet hat diese harte Ausbildung nicht.
Zum Abschluß des zweiten Jahres erfolgte ein Praktikum an einer Revierwache. Der junge Polizeilehrling sollte unter Aufsicht auf die Menschheit losgelassen werden. Ich wurde der damaligen Wache 13 zugeteilt. Diese lag unterhalb des Hamburger Michels und hatte eine Schichtstärke von 1/5. Das bedeutete, ein Wachhabender und 5 Polizeibeamte im Außendienst. Einen Einsatzführer oder Frauen an der Wache gab es nicht. Ein Streifenwagen stand in der Parkbucht, der Peter 13/1, ein alter Ford Consul, 1700 Kubik mit Schaltgetriebe. Im Revier lief der normale Polizeialltag ab. In der Nacht war der Peter 13/1 oft auf St. Pauli eingesetzt. Die bunten Lichter, das Milieu und die vielen komischen Typen haben mich damals schon fasziniert. Schließlich kam ich aus einem kleinen Dorf und hatte St. Pauli nie gesehen.
Aufregend war die Silvesternacht von 75 auf 76. Gegen zwei Uhr wurde ich mit meinem Bärenführer Ralf, so wurde der Praktikantenbetreuer genannt, in einer Kneipe am Hafenrand tätig. Plötzlich wurde mein Kollege von einem Farbigen mit einem Messer angegriffen. Ralf war aber ein Profi und sehr schnell. Das Leben eines Polizeibeamten kann von einer Sekunde zur anderen zu Ende sein, ohne daß er das überhaupt richtig merkt. Ich habe damals überhaupt nicht reagiert. Ein Praktikant kann das auch nicht. Langsam wächst jeder in die gefährlichen Situationen hinein. Das letzte, an das ich mich erinnerte, war der laute Knall. Der Farbige erlitt einen Leberdurchschuß, flüchtete, wurde später von einem DRK-Fahrzeug aufgesammelt und ins Krankenhaus gefahren. Die Polizei Hamburg war mit einer Walther PP, Kal. 7,65 mm

ausgerüstet. Die Kugel durchschlug zwar den Körper, wie einen Käse, aber der Täter lief trotzdem weiter und setzte die Flucht fort. Heute, nach jahrelangen Diskussionen, wird mit 9 mm geschossen. Diese Schußverletzungen können fatal sein. Nun, der Kollege und der Farbige haben den Vorfall überlebt, aber die Grenze zum Tod ist fließend.

Das Praktikum schloß ich mit der Note gut ab. Im April 1976 fing ich mit dem Festanstellungslehrgang an. Sechs Monate theoretischer Unterricht mit Abschlußprüfung und Beendigung der Ausbildung. Alles lief glatt, und die erste Fachprüfung bestand ich mit der Note befriedigend.

Im Oktober 1973 wurde ich zum Polizeiwachtmeister, im zweiten Jahr 1974 zum Oberwachtmeister und mit Bestehen der ersten Fachprüfung zum Polizeihauptwachtmeister ernannt. Die Polizei Hamburg trug eine dunkelblaue Uniformjacke, ein weißes oder blaues Hemd und dazu eine schwarze Hose. An beiden Oberarmen waren nun vier silberne Winkel angenäht. Diese Abzeichen waren von den Engländern nach dem Krieg übernommen worden. Mit diesen vier Winkeln war die „Lehrlingszeit" endlich vorbei. Im Polizeidienst war ich nun für mich selbst verantwortlich. Jede Maßnahme gegen einen Bürger mußte schon damals und heute noch viel mehr abgewogen werden. Vor Gericht steht der Polizeibeamte immer allein und muß seine Maßnahmen rechtfertigen.

Am Tag nach der Prüfung mußte die gesamte Lehreinheit auf dem Hof der Polizeischule antreten. Die Carl-Cohn-Straße wurde kurzfristig gesperrt und der Spieß, ein Hauptmeister, brachte seine Einheit zur Bereitschaftspolizei. In den Siebzigern hieß diese große Dienststelle „Bereitschaftspolizei Abteilung Hamburg" (BPAH), dann „Fachdirektion 9" (FD 9) und heute „Landesbereitschaftspolizei" (LBP). Die Aufgaben der Bereitschaftspolizei sind seit Jahrzehnten gleich.

Einzelne Erlebnisse müssen hier nicht mehr aufgeführt werden. Es erfolgten Einsätze bei Demonstrationen, Verkehrskontrollen und eine ständige Bewachung irgendwelcher Objekte, die gefährdet waren. Aber in dieser knappen Zeit (1976 – August 1977) wurden von einer

Hundertschaft immer die Fahrzeuge der Kommandoreserve im Wechsel besetzt. Hier fuhren die Kollegen und ich auf einem Funkstreifenwagen. Endlich ohne Aufsicht, mit eigener Verantwortung. Früher waren das die 9er Wagen (Rufname Peter 9/11, 9/12 usw.), heute sind es 2er Wagen (Rufname Peter 2/11 usw.), die überall in Hamburg die örtlichen Reviere unterstützen und für alles und nichts zuständig sind. Ein besonderes Erlebnis war die Verkehrskontrolle eines bekannten Musikers. Den Namen verrate ich aus Gründen des Datenschutzes natürlich nicht. Es war meine erste Blutprobe, die ich als Hauptwachtmeister 1976 anordnete. In diesen Situationen ist der Bürger vor der Polizei doch tatsächlich gleich. Der Führerschein war weg. Mit ein wenig Stolz schleppte ich den Prominenten zur Wache und ließ von dem Gerichtsmediziner die kostbare Blutprobe abzapfen. Die Strafe fiel recht ordentlich aus.
Im August 1977 wurde ich aus der Bereitschaftspolizei entlassen. Ich sollte einem Revier zugeteilt werden und suchte mir die Wache 16, damals in der Budapester Straße, oder als zweite Wahl das weltberühmte Revier 15 aus. Die fünfzehn sagte niemandem etwas, aber das Wort Davidwache ließ sehr oft meinen Bekannten ein überzeugendes „ach so" entlocken. Viele dachten, daß seien besondere Beamte, hart, gerecht, die einfach alles können. Meine Vorstellungen waren genauso, als mich die Personalabteilung anrief und fragte, ob ich dahin möchte. Ich war begeistert und stimmte zu. Meine Familie war entsetzt und ein bißchen ängstlich. Nach den Vorstellungen meiner Familie konnte einem Polizeibeamten am Tage nichts passieren. Verbrecher toben sich nachts aus, insbesondere auf St. Pauli. Mein Vater Fritz gab mir bis zu meinem 25. Dienstjubiläum immer den Rat: „Erst mal um den Block fahren, man muß nicht immer überall der Erste sein!"
Ich hatte zu Anfang meiner Laufbahn für diese Einstellung kein Verständnis, heute kann ich manches nachvollziehen. Auch nach 27 Dienstjahren wurde ich vor kurzem von einem meiner Kollegen aus Bergedorf (Jürgen) ermahnt, als ich den dritten Einsatz in Folge annahm. Der Hinweis war deutlich: „Paß mal auf, du bist hier an einer Polizeiwache und nicht auf einem Abenteuerspielplatz!"

Abenteuer, dramatische Einsätze oder auch komische Erlebnisse sollte es noch viele geben. So kam ich im Oktober 1977 nach St. Pauli. Ich betrat zum ersten Mal die weltberühmte Wache am Spielbudenplatz. Die Leuchtschrift „Polizei“, die vielen schrägen Vögel, die bunten Lichter, die vielen Kollegen und das ganze Milieu habe ich bis heute nicht vergessen. Im Jahre 77 wußte ich nicht, daß ich über achtzehn lange Jahre dort bleiben sollte oder mußte, je nach dem, wie die Sache betrachtet wird.

Dienstantritt

Nach meiner Meldung im Geschäftszimmer erhielt ich vom Innendienstleiter ein Waffenfach, einen Schrank in der dritten Etage und einen Gesprächstermin beim Chef. Dieser Chef war der General an der Dienststelle und führte seine Mitarbeiter mit einem besonderen Führungsstil, den ich im Laufe der Jahre noch kennenlernen sollte. Er war ein Erster Polizeihauptkommissar der alten Garde. Der übernahm 1972 die Wache, um dort Ruhe und Ordnung hineinzubringen. Zwischen meinem Dienstgrad und dem des Chefs lagen Welten. Ich kam mir bei seiner persönlichen Einweisung winzig vor. Irgend etwas hatte der Mann an sich. Nicht umsonst war an der Wand zu seinem Büro der Spruch „Mit Ihrer Meinung kommen Sie zu mir, mit meiner Meinung gehen Sie wieder heraus“ angebracht.
Ich wurde in die Besonderheiten der Dienststelle eingewiesen. Das waren schlichte Anordnungen oder Befehle. Es wurde viel Wert gelegt auf einen pünktlichen Dienstbeginn, auf das Tragen der weißen Mütze, korrekte Uniform, Jacke zu, keine weißen Socken zur dunklen Uniform, eine professionelle Berichtsfertigung und ein absolutes St. Pauli-Verbot in der Freizeit. „Alles weitere erfahren sie von Ihrem Wachhabenden“, war sein Abschlußsatz.
Ich wurde der C-Schicht zugeteilt. In den Schichten gab es einen Wachhabenden, einen Vertreter für den Wachraumdienst und Einteilung

der Dienstpläne, einen festen Verwahrbuchführer für die zahlreichen Festnahmen und die Kollegen, die draußen auf der Straße arbeiteten.
Die Davidwache hatte 1977 nur einen Funkstreifenwagen, den Peter 15/1. Im Laufe der Jahre kamen noch der 15/2 und 15/3 hinzu. Ich hatte eigentlich gedacht, daß ich auf dem Wagen fahren würde und an allen Einsätzen teilnehmen könnte. Weit gefehlt, denn hier saß immer ein alter Obermeister, und es wurde jeweils ein Beamter zugeteilt. Die Zeiten im Funkstreifenwagen waren daher sehr rar. Ständig lief ich Fußstreife durchs Revier. Die Bürgernähe wurde schon damals im Reviergebiet gepflegt. Im Früh- und Spätdienst lief ich allein, im Nachtdienst mit einem Kollegen als Doppelstreife. Es wurde stramm marschiert. Es war egal, ob es in Strömen regnete oder die Sonne brannte. „Halb St. Pauli ist überdacht", sagte mir damals der Wachhabende, „ein richtiger Schutzmann wird nicht naß." Dieser Spruch zählt heute noch. Oft lief ich durch die Tiefgarage, dann unter den Überdachungen der Reeperbahn und schließlich der Großen Freiheit entlang. Vorzeitig einrücken durfte der Beamte nur, wenn Festnahmen getätigt wurden. Der Wachhabende schaute genau zur Uhr und achtete auf die zwei Stunden Streifenzeit. Zur damaligen Zeit habe ich es nicht gewagt, ohne eine Festnahme ein paar Minuten vorher in die Wache einzurücken. Die Berichte konnten die Beamten in der Bereitschaftszeit an der Wache schreiben. Im Beamtenkreis heißt das heute noch einfach B-Zeit, oder, für den Außenstehenden leicht erklärt, den Dienst in der Wache.

Erstes Feuer

Wenn es auf St. Pauli richtig brannte, wurde es gefährlich. Im Winter 78 ging es mit dem Peter 15/1 in die Hörmannstraße. Als wir einbogen, knisterte es schon laut, und die Flammen schlugen aus dem Treppenhaus. Das hatte ich noch nie gesehen. Menschen standen in der zwei-

ten und dritten Etage und schrien um Hilfe. Aus Angst wollten sie einfach aus dem Fenster springen. Die Kollegen schrien immer wieder nach oben und versuchten, die Bewohner zu beruhigen. Die Feuerwehr war schnell am Einsatzort, aber die wenigen Minuten kamen mir wie Stunden vor. Gewaltsam traten wir alle Fenster im Erdgeschoß ein. Das war teilweise so heftig, daß uns die Glassplitter um die Ohren flogen. Die Hausbewohner erschraken, als mehrere Polizeibeamte im Dunkeln durch die Wohnungen liefen und zur Eile ermahnten. Viele haben es nicht begriffen, daß ihr Leben in Gefahr war.
Während dieser Aktion sprangen tatsächlich Menschen schreiend aus großer Höhe ab. Schwerverletzt blieben sie auf dem Gehweg oder der Straße liegen, je nachdem, wie weit sie von oben absprangen. Im Hinterhof konnte ich noch eine 90jährige Frau auffangen, die aus der zweiten Etage sprang. Die Frau war nicht schwer, aber halten konnte ich sie trotzdem nicht. Sie schlug mit dem Körper auf ein Treppengeländer auf und brach sich mehrere Rippen. Unter dem Arm hatte sie ihre gesamten Ersparnisse in Höhe von neuntausend Mark in einer kleinen Schatulle. Mit der alten Frau auf den Armen lief ich durch den Torbogen zur Straße. Hier fielen schon die brennenden Teile herunter und trafen uns. Die Frau war gerettet. Sieben Personen wurden erheblich verletzt, und das Haus brannte völlig ab.
Ein halbes Jahr später brannte es in der Hein-Hoyer-Straße. Ein altes Haus, vier Etagen hoch, und der Dachstuhl stand schon in Flammen. Bedingt durch die sehr kurzen Fahrzeiten zum Einsatzort waren die Streifenwagen der Polizei immer vor Eintreffen der Feuerwehr am Brandort. An diesem Tage war ich mit Friedrich unterwegs. Viele Hausbewohner standen schon auf der Straße. Es regnete leicht gegen drei Uhr morgens. Feuer bricht immer dann aus, wenn die Menschen schlafen. Alle Anwohner hatten sich augenscheinlich schon selbst gerettet. Plötzlich zeigte uns ein Mann eine Wohnung in der vierten Etage. Hier sollte ein alter Chinese wohnen, der nicht auf der Straße stand. Das Treppenhaus war völlig verqualmt. Trotzdem liefen Friedrich und ich nach oben. Als wir an der Tür ankamen, stand der völlig hilflose alte Mann zitternd an seiner Wohnungstür. Er hatte die Orien-

tierung verloren. Wir faßten den Mann an den Armen und führten ihn nach unten. Er war alt, deshalb ging alles viel langsamer. In diesem Moment fiel die Treppenhausbeleuchtung aus. Es war völlig dunkel, obwohl es über uns lichterloh brannte. Leistungsfähige Taschenlampen gab es zu dieser Zeit noch nicht. Außerdem lag die Behördenausstattung in unserem Wagen. Die hätte vermutlich auch nichts genützt. Mit letzter Kraft kamen wir mit dem alten Mann auf der Straße an. Sofort waren Sanitäter zur Stelle. Der alte Mann war uns dankbar.
Ein Lehrfilm der Feuerwehr, den ich aufmerksam Jahre später gesehen hatte, besagt: „Feuer ist dunkel!“ Das kann ich bestätigen. Es ist lebensgefährlich, ohne Atemschutz in ein brennendes Haus zu laufen. Plötzlich ist die Orientierung weg.

Der Lebensmüde

Die Nachtschicht war am 25. August 1979 noch voll im Einsatz, als ich zum Frühdienst kam. In einer kleinen Seitenstraße auf St. Pauli saß ein junger Mann an der Dachkante eines Vier-Etagen-Hauses. Aus Lie-

Der Moment der Rettung. Foto: Bernhard Rudolph

beskummer drohte er zu springen. Drei Stunden hatten zwei Feuerwehrbeamte und ein Kollege von mir mit ihm verhandelt. Mühsam stieg ich auf den Dachfirst und löste meinen Kollegen ab.
„Wie macht der sich?" fragte ich Hans.
„Na ja, Stunden stehen wir hier schon, runter will der nicht!" war die kurze Antwort.
Hans fuhr an die Wache, und ich ging zu den beiden Feuerwehrleuten, die dicht an der Kante saßen. Ein Gespräch war nicht mit dem Mann möglich, der nun nach unten stierte. Hier war schon ein Sprungtuch bereit, aber es war verdammt hoch. Irgendwann ist einmal Schluß. Ich stand erst fünfzehn Minuten auf dem Dach. Auf seine Freundin, die ebenfalls auf dem First saß, ging der junge Mann nicht ein. Die Feuerwehrbeamten sahen mich an, ein kurzer Blick und ich hielt den Beamten fest, der unmittelbar an der Kante saß. Ein schneller Griff unter die Arme des Mannes erledigte den Rest. Beide Feuerwehrleute ließen sich nach hinten fallen, ich packte noch mit an, und schließlich waren wir etwa zwei Meter von der Kante entfernt. Ohne Widerstand ließ sich der vermeintliche Springer von einem Rettungswagen ins Krankenhaus fahren. Im Anschluß habe ich vorsichtig nach unten geschaut. Das Sprungtuch wirkte sehr klein. Ich möchte auch bezweifeln, daß die Männer dort unten uns hätten halten können, für den Fall, daß wir alle drei abgestürzt wären. Als Hans die Wache verließ, fuhr ich gerade vor. „Wir haben den Mann weggezogen. Die Sache ist erledigt", sagte ich kurz. Verwundert war er schon ein bißchen, zumal er dort stundenlang gestanden hatte, ohne daß sich etwas tat. Am nächsten Tag war dieses Foto Schlagzeile einer großen Tageszeitung.

Fahrende Bomben

St. Pauli hatte nur zwei Hauptstraßen. Das waren die Reeperbahn und die Simon-von-Utrecht-Straße. Als Inhaber der Fahrerlaubnis der Klasse 2 (Lkw-Führerschein) zeigte ich deshalb reges Interesse

Schwerer LKW-Unfall. Foto: Christoph Leiming

für die großen Fahrzeuge. Nachts standen die Ungetüme in den Nebenstraßen, und plötzlich fuhren die frühmorgens vor unserem Streifenwagen. Ein potentieller Verkehrsmörder fuhr über zwei Fahrstreifen, pendelte ständig mit seiner Zugmaschine hin und her, und der Auflieger tanzte in wahren Schlangenlinien. Vor dem Bahnhof St. Pauli wurde der Sattelzug, ein Gastanker mit 40 Tonnen Gesamtgewicht, angehalten. Es ist wirklich nicht übertrieben, aber als ich die Fahrertür öffnete, fiel mir der belgische Fahrer entgegen. Er wollte nach seinem St.-Pauli-Besuch nach Amsterdam. 2,5 Promille zeigte der Alkotest. In dieser Nacht war er der Tagessieger. Es erfolgte eine Blutprobe, eine Sicherheitsleistung für das Strafverfahren und ein Fahrverbot für Deutschland. Es war ein gigantisches Gefühl, als ich mich in den Vierzigtonner schwang, ihn fachmännisch vor dem Bahnhof auf der Stelle wendete und sicher zum Fischmarkt fuhr. Das war ein hochmoderner, ganz neuer Lastzug. Die Sache hätte auch anders ausgehen können. Jeder hat die Verkehrsmeldungen im Ohr, wenn der Radiosprecher morgens um neun die Meldung eines umgestürzten Lkw herausgibt, der aus unerklärlichen Gründen in den Gegenverkehr gerast ist. Liegt das Stadtgebiet hinter diesen Fahrern, geht es nur noch geradeaus auf der Autobahn, bis der Alkohol zuschlägt.

Genauso erging es einem Holländer, der tiefgefrorene Hähnchen liefern wollte. Dieser Fahrer wollte kurz in die Große Freiheit. Allerdings fuhr er mit seinem Sattelzug hinein. Nur die Zugmaschine bekam die Kurve. In diesem hilflosen Zustand fiel uns der Fahrer auf. Ein kurzer Blick genügte. Auch dieser Holländer war nicht mehr fahrfähig. Gehen konnte er schon seit geraumer Zeit nicht mehr. Es erfolgte die gleiche Prozedur wie bei dem belgischen Fahrer. Allerdings mußte der Sattelzug noch verkehrsgerecht abgestellt werden. Ich konnte zwar fahren, aber ein Profi war ich lange nicht. Mit Hilfe der Taxifahrer, eine wirklich perfekte Einweisung, konnte ich nach zwanzig Minuten den Lastzug auf die Reeperbahn rangieren.
Ein Norweger war unser Stammkunde. Dieser Fahrer fuhr von Norwegen nach Hamburg. Immer hin und her. Auch er hatte sich in einer Seitenstraße festgefahren und wurde überprüft. Er war betrunken. Sechs Monate später pendelte der Herr mit seinem LKW über die Leitlinie der Hafenstraße. Diese Überprüfung war auch positiv. Im darauffolgenden Jahr hatte ich ihn noch mal. Er war sichtlich genervt, der Gunnar aus Norwegen. Immerhin bezahlte er kräftig die Strafen.
„Ich muß immer fahren, fahren und fahren, mein Arbeitgeber will das, ich lebe im Lkw“, sagte er vorwurfsvoll zu mir. Eine Frage lag ihm aber richtig auf dem Herzen: „Arbeitest du eigentlich nur nachts?“ fragte er mich.
Wir haben beide gelacht. Es war ein lustiger, riesiger Kerl, der die Sache sportlich sah. Es war aber beeindruckend, wenn er die Stufen seiner Zugmaschine herunterstieg, sich die Hose hochzog und sich vor mir aufbaute. Er fuhr betrunken, ich hielt ihn an. Das war die Aufgabe der Polizei. Ich habe ihn danach nie wiedergesehen.
Es sind sicher Einzelfälle, die in einem Vergnügungsgebiet vorkommen können. Ich habe viele Lkw-Fahrer kennengelernt, die verantwortungsbewußt ihren Lastzug ohne einen Tropfen Alkohol steuerten.

Zivilfahnder

Neben den uniformierten Beamten gab es vier Kollegen in jeder Schicht, die als Zivilfahnder unterwegs waren. Das waren Beamte der Schutzpolizei, die zur jeweiligen Schicht gehörten. Im Dienst trugen sie keine Uniform, sondern ihre eigene zivile Kleidung. Diese Männer konnten frei arbeiten, sich also die Arbeit selbst suchen. Jeder hatte die berühmte Kripomarke bei sich, und mancher fühlte sich als Held.
Zweifellos waren das Profis. Sie kannten sich auf St. Pauli aus, die Milieukenntnisse waren gigantisch, und manche Festnahme ging bei nachträglichen Ermittlungen auf das Konto der Zivilfahnder. Die schleppten jede Nacht die Verbrecher in die Wache. Einige der Kollegen waren Vorbilder für mich. Die engagierten jungen Beamten versuchten mit allen Mitteln, in diese Position zu gelangen. Gute Leistungen im Streifendienst, eine Empfehlung des Wachhabenden an den Chef und ein freier Platz waren dafür erforderlich. Ich hatte mein

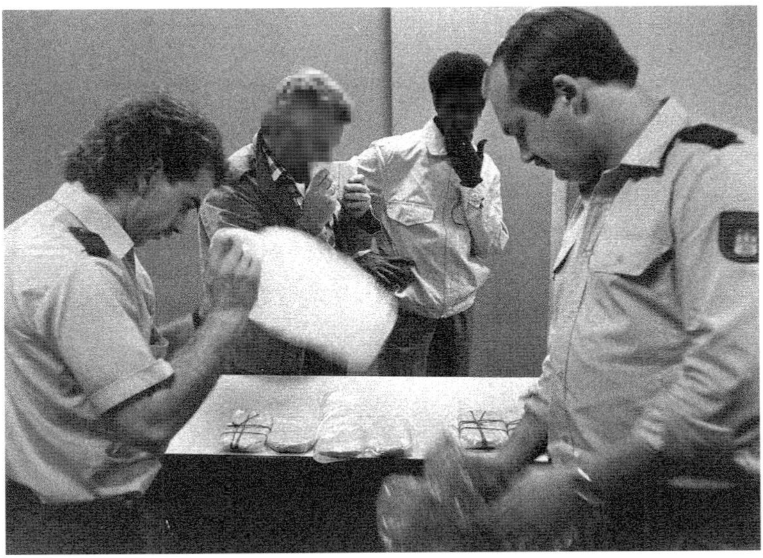

Das Ergebnis der Zivilfahnder, fast 2 kg Haschisch. Foto: Thomas Metelmann festes Ziel; die Tätigkeit entsprach meinen Vorstellungen. Jedes Zivilfahnderpaar hatte seine besonderen Aufgaben wie den Ausländerbereich, die Prostitution, Einbruchsdelikte und Rauschgifthandel.

Die ersten zwei Jahre liefen dahin. Verkehrsunfälle, Raubdelikte, Streitigkeiten mit Prostituierten und immer wieder Schlägereien. Die Berichtsfertigung brachte mich an den Rand des Wahnsinns, denn damals wurde noch mit der Schreibmaschine geschrieben, teilweise sieben Durchschläge, und Bildschirmtext oder einen Kopierer gab es nicht. Unser Wachhabender ließ keine Radierungen oder Hackereien im Text zu. „Dann mußt du eben neu einspannen“, war immer sein Kommentar. Die Zeit verging, und der Dienstbetrieb lief wie an anderen Dienststellen auch. Hier waren keine besonders harten oder spezielle Beamte eingesetzt. Es wurde auch nur mit Wasser gekocht. Die Polizeiarbeit, mit wenigen Ausnahmen im Milieu, war in ganz Hamburg gleich.

Durch die neue Besetzung im Innendienst wurde Karl der neue Wachhabende der C-Schicht. Der Kollege machte einiges anders und sorgte für ein bißchen Unruhe in der Schicht; aus meiner Sicht aber berechtigt. Kleine Dinge gefielen mir auch nicht, aber wer war ich denn. Kritik anzubringen, war äußerst unklug in meiner Position. Daran hatte ich nie gedacht. Zweifellos hatte Karl aber erkannt, daß ich Interesse als Zivilfahnder hatte. Er empfahl mich beim Chef. Das war für mich ein richtiges Ereignis nach den kurzen zwei Jahren. Ich hatte auch viel Eigeninitiative an den Tag gelegt. Schon damals konnte ich kleine Erfolge verbuchen.

Die Reaktion des Generals war kurz und bündig: „Wir werden das probieren. Sie werden mit Rene im Ausländerbereich eingesetzt. Nur damit sie es wissen“, sagte der Chef, „wenn der frei hat, machen sie in Uniform weiter, allein läuft hier nichts!“

Rene war ein erfahrener Beamter und kannte alles. Fünf Jahre hat mich dieser Mann als Zivilfahnder begleitet und geformt. Wir wurden ein sehr gutes, erfolgreiches Team. Ich war gerade 21 Jahre alt, Rene zehn Jahre älter. Ein alter Schutzmann, der einen jüngeren an die Hand nahm und langsam in die Arbeit einwies, ist heute eine Wunschvorstellung,

war damals aber normal. Trotzdem biß ich manchmal auf die Zähne und hielt einfach meinen Mund, wenn er etwas anderes machen wollte oder seine Meinung vertrat. Geschadet hat mir das nicht.
Im Laufe der Jahre wurden wir auf St. Pauli die gefürchtetsten Fahnder. Jeder kriminelle oder illegale Ausländer flüchtete, wenn sie uns auf der Straße erkannten. Zu den vielen ausländischen Geschäftsleuten oder auch Anwohnern hatten wir teilweise freundschaftliche Kontakte. Einige vertrauliche Hinweise führten zu beachtlichen Erfolgen. Natürlich wurden auch viele St. Paulianer festgenommen. Keiner nahm uns das übel. Wer Scheiße machte, wurde eingesperrt oder von der Polizei angezeigt. Das war nun mal so. Am nächsten Tag backten die Damen oder Herren kleine Brötchen, gingen zur Schmiere (Polizei) und entschuldigten sich, obwohl die Anzeige weiterlief. Hatte der Klient Glück, durfte er sich beim Chef oder dem Vertreter entschuldigen. Das war eine feine Sache. Wir verstanden uns. Zu den Zeiten ein normaler Vorgang, der heute wohl weniger vorkommt.
Unser Tätigkeitsfeld war vielfältig. Wir sperrten den illegalen Koch im Chinarestaurant genauso ein wie den Türken beim Straßenraub, den brasilianischen Transvestiten oder die Afrikanerin im Saunaclub bei der Ausübung der Prostitution. Unsere Kunden waren eigentlich immer nett. Viele Ausländer blieben uns über Jahre treu, wurden mehrmals von uns festgenommen und abgeschoben. Bei der erneuten Einreise wiederholte sich die Prozedur.
Ich habe noch heute die vielen armen indonesischen Seeleute in guter Erinnerung. Die heuerten als Billigkräfte auf den Philippinen an, liefen in Hamburg ein und stiegen aus, ohne wieder ein Schiff zu bekommen. Sie blieben auf St. Pauli, bis sie von uns festgenommen wurden. Die Abschiebung lief über die Ausländerbehörde.
An einem Sonntag, Mitte 1982, hatten wir Langeweile. Rene und ich überprüften eine Ausländerunterkunft für Indonesier in der Seilerstraße. Mit der befreundeten Wache 16 wurde das Gebäude umstellt; das war eine richtige Razzia. Wohlgemerkt, es war unsere eigene Idee. Die Seeleute sprangen wild aus allen Öffnungen des Hauses, wurden von den Kollegen mit offenen Armen empfangen und festgenommen.

Diese Aktion brachte uns allerdings einen großen Rüffel des Kriminaldauerdienstes ein. Dieser Dienst ist am Wochenende für die Festnahmen in ganz Hamburg zuständig und nicht gerade stark besetzt. Man beachte die Zahl! Es waren neunundvierzig Festnahmen, alles indonesische Seeleute. Die Kripoleute fanden das überhaupt nicht witzig. Unsere Wache war den ganzen Sonntag voll. Der Gefangenentransporter lief die Wache mehrmals an und eröffnete einen Pendelverkehr zum Untersuchungsgefängnis. Im Keller baute Rene auf einer Tischtennisplatte sein Büro auf, stellte einen Stuhl davor und sagte „Fang an, ich bin soweit!" Ich mußte nach und nach jeden Ausländer aus der Zelle holen, den Paß vergleichen, den Aufenthalt feststellen und Renes Ermittlungen zur Sache notieren. Die erforderlichen Vordrucke fülle ich heute noch völlig blind aus. Der Haftbegleitzettel, Auftrag für den Erkennungsdienst, Anzeige und die Paßabnahmebescheinigung waren schon ein Wust von Papier. Diese indonesischen Seeleute waren sehr ehrlich. Das, was sie uns erzählten, bestätigten sie auch dem Haftrichter bei der Anhörung. Der Platz im Flugzeug nach Djakarta war ihnen sicher. Sie kamen wieder und flogen mit unserer Hilfe zurück.
Trotzdem war diese Tätigkeit nicht eintönig, wie die Festnahme zweier Posträuber aus Groningen bewies. Hier hatte die holländische Kripo den Hamburgern einen Tip gegeben. Als Anlaufpunkt wurde ein Lokal am Hans-Albers-Platz genannt. Die Räuber fühlten sich scheinbar sicher. Der Fluchtwagen mit dem bekannten Kennzeichen stand im Parkstreifen der Reeperbahn, Höhe Hausnummer 77. In dieser Nacht war ich wieder mit Rene unterwegs. Wir fanden das Tatfahrzeug und blieben an einer Hausecke stehen. Die Observation war langweilig. Warten, immer wieder warten. Das war wirklich nicht mein Ding, aber es ging nicht anders. Ein Auto hatten wir über die gesamte Zeit nicht zur Verfügung. „Meine Männer laufen zu Fuß", sagte der Chef immer. Acht Grad minus, leichter Schneefall, und wir standen dort vier Stunden ohne Pause. Ablösen von anderen Kollegen fiel uns nun gar nicht ein, denn diese Festnahmen wollten wir selbst abgreifen.
Die Worte von Rene klingen mir heute noch in den Ohren: „Das ist wie beim Angeln, Geduld mußt du haben, mehr nicht", sagte er.

Ganz begeistert war er aber auch nicht, hüstelte ein bißchen und stopfte sich die Watte im linken Ohr etwas tiefer. Es zog ein bißchen. Im Winter war Rene an den Ohren etwas wehleidig.
Von einer Sekunde auf die andere ging es los. Zwei Personen kamen zum Fahrzeug, wir zogen die Pistolen, liefen hin, und dann kam das Kommando in fließendem Englisch:
„Stop Police, don't move!"
Die beiden kleinen Filipinos haben sich fast in die Hosen gemacht. Sie warfen sich auf den Boden. Keine Bewegung war mehr zu sehen. Alles andere war Routine. Handfessel an, Unterstützung von der Wache, und innerhalb von Sekunden waren auch zwei Funkstreifenwagen vor Ort. Ein bißchen Blaulicht und ein lautes Einsatzhorn machen auf St. Pauli heute auch noch Eindruck.
Am nächsten Tag war in der Hamburger Presse folgende Schlagzeile zu lesen: „Hamburger Kripo nahm holländische Posträuber fest!"
Diese Feinheiten konnte die schreibende Zunft über Jahre hin nicht begreifen. Wir oder auch die anderen Kollegen trugen wohl Zivil, aber wir waren von der Schutzpolizei, fuhren auch in Uniform auf dem Funkstreifenwagen und nahmen einfache Verkehrsunfälle auf. Wir waren nicht James Bond oder Derrick. Für uns war das alltägliche Polizeiarbeit, ohne auf Starallüren Rücksicht zu nehmen.
So kam es auch, als Rene im nächsten Spätdienst frei hatte, daß ich mit Hermann auf dem Peter 15/2 fuhr. Hermann war der Nachrücker für die Zivilfahnder. Bedingt durch Urlaub und Krankheit mußte immer ein Ersatzmann ausgesucht werden. Hermann wurde später längere Zeit mein fester Partner. Eine lapidare Radiomeldung über einen außer Kontrolle geratenen Panzer in Hamburg-Bergedorf ließ uns aufhören. Kurze Zeit später fuhren wir vor den Meßbergtunnel, wo uns dieses Ungetüm langsam mit wippendem Kanonenrohr entgegenkam, gefolgt von einer Armada von Funkstreifenwagen. So schnell hatten wir beide noch nie unseren Streifenwagen verlassen und aufgegeben. Der Zusammenstoß war vorprogrammiert. Wir wußten auch, daß ein Panzer nicht gegen ein Hindernis fährt. Dieses Monstrum hätte unseren Funkwagen einfach überrollt. Plötzlich sprintete aber ein Feldjäger

Festnahme des Panzerfahrers Foto: B. Bortz

hinterher, stieg in den Turm und bremste das Fahrzeug. Unser Wagen blieb heil. Ein Maschinist hatte Liebeskummer. Er wollte doch tatsächlich von Bergedorf nach Eimsbüttel zu seiner Mutter fahren.
Das war richtiger Polizeidienst, gestern zwei Posträuber, heute im Funkstreifenwagen mit Blaulicht und Horn einen irren Panzerfahrer jagen. Solche Aktionen können lebensgefährlich sein. Diesen Vorfall hat es bisher nur einmal in Hamburg gegeben und sollte sich auch nicht wiederholen. Mehrere Fahrzeuge gingen bei den Fahrmanövern des Panzers zu Bruch. Drei Personen wurden verletzt. Gott sei Dank nicht ernsthaft, und später wurde der Panzerfahrer verurteilt.

Jahreswechsel 1979/1980

Ältere Kollegen und Familienväter haben bei diesen Anlässen wie Weihnachten und Silvester frei. Die Jüngeren gehen zum Dienst. Eine gute Regelung, und heute profitiere ich davon. Rene hatte frei, und ich war mit Hermann als Zivilfahnder unterwegs. Eine aufregende Nacht für die Streifenwagen, aber damit hatten wir nichts zu tun. Kurz vor Mitternacht noch einige Festnahmen, ein paar Rauschgiftanzeigen und Überprüfungen in unseren Lokalen. Rauschgift, Haschisch, Marihuana und alles, was in den Kopf zieht, war das Hobby von Hermann. Bei einer einfachen Fahrzeugkontrolle hielt Hermann einmal den Beifahrer fest, als er sich mit einer Tasche in der Hand freundlich von seinem Fahrer verabschieden wollte und den Unbeteiligten mimte. Immerhin hatte der freundliche Herr tatsächlich 1,8 Kilo Haschisch dabei. Hermann roch den Stoff aus weiter Entfernung. Sogar die Kripo staunte, jedenfalls zur damaligen Zeit. Ein großer Erfolg für einen Beamten im Revierdienst.
Mit Kleinigkeiten verbrachten wir bis fünf Uhr zehn die Nacht, als ein Passant in die Wache lief. Er schrie laut, war aufgeregt und meldete eine Messerstecherei vor der Eingangstür der Wache. Genau gesagt vor der Hausnummer 29, dreißig Meter vom Eingang entfernt.
Ich war der erste auf dem Gehweg. Vor der Telefonzelle lag ein junger Mann, der regelrecht aufgeschlitzt war. Seine Gedärme traten aus der Bauchdecke heraus und dampften in der Winternacht. Ein eigenartiger Geruch machte sich breit.
Der Täter war nicht mehr zu sehen, so schien es. Plötzlich sprang ein Jugendlicher hinter einer Telefonzelle vor, brüllte mich an und fuchtelte mit einem Messer herum. Ich war in Zivil. Meinen Ruf „Halt, Polizei!“ hat er überhaupt nicht wahrgenommen und griff mich sofort mit dem Messer an. Meine Dienstpistole hatte ich schon in der Hand. Ich richtete die Waffe auch auf den Täter. Abgedrückt habe ich damals nicht. Das würde mir heute nicht mehr passieren. Ich war zu jung, unerfahren und überfordert mit dieser lebensgefährlichen Situation. Der Täter stach mir sofort in den rechten Handrücken. Oben hinein

und an der Innenfläche der Hand wieder heraus. An manchen Tagen hat man sehr viel Pech. Meine Lebensversicherung, die Walther PP, fiel nicht nur zu Boden, nein, sie fiel direkt in den Gully und verschwand im Laubeimer. Es lief alles blitzschnell ab. Hermann folgte nur Sekunden später und sah den Täter vor mir stehen. Sofort warf er sich dem Angreifer entgegen. Gewagt, in dieser Situation eigentlich wahnsinnig, aber ein Vollblutschutzmann handelt und fragt nicht lange. Der Täter wurde von Hermann an einen Pkw gedrückt. Trotzdem stach dieser immer wieder auf meinen Kollegen ein, ohne ihn aber zu treffen. Hermann war sportlich und wand sich hin und her, wie ein Aal. Stichverletzungen sind sehr schmerzhaft. Daher brauchte ich ein bißchen, bis ich ihm helfen konnte. Als beide schließlich auf dem Boden lagen, trat ich den Täter mit dem Fuß. Das war die einzige Maßnahme, die Erfolg versprach. Dieser Fußtritt wurde in der Verhandlung gegen den Täter vom Landgericht als für verhältnismäßig angesehen.
Der Mörder war 16 Jahre alt, es ging um eine Frau, und der verletzte Türke war tot. Ich war fünf Monate dienstunfähig. Im Krankenhaus wurden die Strecksehnen der Finger genäht. Eine Blutvergiftung kam hinzu, mit richtig schwarzen Fingerkuppen.
Der jugendliche Täter bekam anschließend vier Jahre Jugendhaft. Nach zwei Jahren traf ich ihn auf St. Pauli wieder. An mich zahlte er tatsächlich 1800,00 DM Schmerzensgeld. Die Haft hatte allerdings keine Wirkung gezeigt, denn er rühmte sich, einen Kanaken abgestochen zu haben. Hermann bescheinigten alle Tatzeugen und das Gericht ein ausgesprochen mutiges Handeln.
Im Schichtdienst laufen die Jahre dahin. Die Zivilfahnder mußten immer freitags beim General antreten. In der jeweiligen Frühdienstwoche mußten die Fahnder Nachtdienst ableisten.
„Am Tage lungert ihr doch nur herum“, war seine Meinung.
So kam es, daß teilweise vier, wenn er schlecht gelaunt war sogar fünf Nächte angesetzt wurden. Immer von 20.00 bis 6.00 Uhr. Das glaubte jedenfalls der Chef, aber ab vier Uhr waren wir nicht mehr da. Überstunden hatten wir sowieso genug. Die Wachhabenden der anderen Schichten waren auch froh, wenn wir uns verabschiedeten, weil

die Ruhe einkehrte, wenn der Gefangenenwagen die letzten Festnahmen abholte.
Bis 1984 war ich mit Rene unterwegs, und plötzlich wollte er sich verändern. Etwas anderes machen. Als Wachhabender kam er nicht in Frage. Er wollte unbedingt zu den Abschiebern in die Ausländerbehörde. Illegale einsperren, mitfliegen, nach Hause bringen und flott wieder zurück. Ich heftete mein Versetzungsgesuch an das von Rene. Einige Tage später saßen wir beim General vor dem Schreibtisch. Er war sichtlich ärgerlich und fing an, uns zu duzen. Das machte er immer, wenn er etwas von uns wollte.
„Argumente hin und her, zwei fahnenflüchtige Arschlöcher seid ihr", war sein unsachlicher Kommentar.
Immerhin, wir sprachen mit einem Beamten der Besoldungsgruppe A 13. Wir nahmen ihm das aber nicht übel. Wir kannten ihn ja.
„Alles Unsinn, was sie hier von sich geben", sagte Rene.
Der durfte das sagen, beide kannten sich lange, ich nicht und hielt lieber meinen Mund. Die Lösung für unseren Chef war denkbar einfach. Rene durfte gehen, das regelte er. Ich mußte noch ein bißchen bleiben. Mein Kollege flog durch die gesamte Welt, von Mali bis Pakistan, Hermann und ich liefen weiter zu Fuß über die Reeperbahn.

Gefürchtete Rotation

Mittlerweile wurde es wieder unruhig in der Behörde für Inneres. Es wurde von der Rotation gesprochen. Zivilfahnder sollten nur fünf Jahre in Problembereichen tätig sein. Danach war eine Ablösung oder Versetzung in einen anderen Dienstbereich beabsichtigt. Zwei Beamte der Davidwache wurden zuvor innerhalb kürzester Zeit verhaftet. Später erfolgten die Verurteilungen. Milieuverstrickungen sollten nicht, können aber vorkommen. Geld, schöne Frauen und schnelle Autos haben schon manchen Schutzmann ins Wanken gebracht. Für diesen Dienst ist eine gefestigte Persönlichkeit und eine konsequente

Linie erforderlich. Einige haben sie, andere unter Umständen nicht. Mit der Rotation wollte die Behördenleitung Vorfälle dieser Art dezimieren. Eine richtige Entscheidung.
Damit war ich fällig, Hermann hatte noch ein Jahr Zeit. Es paßte dem Chef sowieso nicht, daß wir Spielcasinos schlossen und auch die Portiers der renommierten Läden anzeigten. Diese Herren durften einen Meter vor dem Lokaleingang stehen. Mit großen Reden wurden die Besucher überzeugt, in die Lokale zu gehen. Die Shows in der Großen Freiheit waren teilweise sehr gut. Betrogen wurde hier nicht. Es war schon beeindruckend, wenn wir in die Große Freiheit einbogen: Alle Herren traten einen Schritt zurück, wobei der erste Mann laut pfiff. Wir sahen das sportlich. Wer das entsprechende Kommando nicht mitbekam, wurde angezeigt. Nie hat es Probleme mit den Männern gegeben. Zähneknirschend zahlten sie ihre Geldbußen. Das Bezirksamt war wirklich gnadenlos. Die Geldbußen schnellten bei mehreren Verstößen leicht in die Tausende. Bei diesen Summen wurden einige Portiers unruhig. Es gab viele Tips von ihnen, denn die standen dort die ganze Nacht und bekamen alles mit.
Aber es war soweit, etwa Mitte 1985. Der Chef war ein Fuchs, umging die Rotation, und ich wechselte in die A-Schicht. Dort wurde ein erfahrener Obermeister gesucht für die Vertretung der beiden Wachhabenden.
„Man muß dem Kind nur einen Namen geben", sagte er in kleiner Runde lachend.
Kurz danach fing ich in dieser Schicht an. Das war eigentlich die richtige Mischung. Etwas Innendienst, ab und zu auf dem Funkstreifenwagen, dann wieder Schichtchef. Die Schicht hatte nette Kollegen und zwei wirkliche Originale in der Schichtführung. Der Wachhabende Bert, ein Obermeister, und sein Vertreter Klaas, ein Hauptmeister. Vom Rang her hätte es eigentlich andersherum sein müssen. Beide waren seit den sechziger Jahren an der Dienststelle und ehemalige Zivilfahnder. Der Chef hatte seine persönlichen Vorstellungen bei der Besetzung der Posten. Beim General wurden alle Zivilfahnder später Wachhabende. Das war so sicher wie das Amen in der Kirche.

Vergangene Zeiten, mühsame Berichtsfertigung. Foto: Thomas Metelmann

Das Hobby von Bert war die Berichtsfertigung. Klaas litt auch daran. Bei mehr als drei Fehlern wurde der Rotstift angesetzt, und heute sind die Kollegen für diese Korrekturen dankbar. Professionelle Berichte waren das Ziel. Fragte ich Klaas nach der Anzahl der Durchschläge, so raunzte der nur kurz: „Mach einen mehr!" Damit war die Sache klar. Vier Durchschläge waren üblich, also machte ich fünf.
Junge Leute üben sich in der Kritik. Die jungen Kollegen mußten überzeugt werden. Wollte ein Kollege die Fehler nicht einsehen, sagte Bert nur: „Klaas, hör dir den an!"
Die Antwort von Klaas war auch immer gleich: „Der hat wohl nicht alle Ratten auf dem Boden!"
Alle betroffenen Kollegen gingen lachend in den Schreibraum zurück. Wenig später wurde der neue Bericht vorgelegt, ohne Beanstandungen. Jeder wußte, wie die beiden Wachhabenden das gemeint hatten. Beschwert hat sich keiner der Kollegen. Die etwas rauhe Tonart gehörte in dieser Zeit einfach dazu.

Dramatisches Grünkohlessen

Kurz vor Weihnachten 1985 fand das traditionelle Grünkohlessen in der Brauerei statt. Bier gab es genug; das Essen war Spitze. Sogar die Polizeiführung nahm hieran teil. Es wurden lustige, lange Veranstaltungen daraus gemacht. Hier kam man der Polizeiführung etwas näher. Alle Schutzleute der Davidwache hatten im Nachtdienst frei. Es wurde nur ein Notdienst mit der Mindeststärke besetzt. Drei Kollegen von der eigenen Wache, der Rest kam von den Innenstadtrevieren. Es lief jedes Jahr so ab.

Ich wollte dieses Jahr nicht und ging zum Nachtdienst. Mir zugeordnet auf dem Peter 15/1 war die Hauptwachtmeisterin M. vom Revier 12. Eine nette, sehr junge Kollegin, die den Nachtdienst auf St. Pauli als Abwechslung sah. Bis 0.38 Uhr verlief alles im Sande. Nichts los, nur Routine. Aber wie so oft überschlugen sich die Ereignisse, als wir langsam die Breite Straße hinunterfuhren. Plötzlich meldete sich der Funksprecher Michel 1.

„Achtung, Peter 15/1, Wohnhaus am Fischmarkt, 5. OG, Hilferufe einer Frau, Sonderrechte (Blaulicht und Horn) zugelassen!"

Nun, wir standen schon vor dem Haus. Es ist zwar selten, aber es kommt vor, daß die Wagenbesatzung gleich am Einsatzort verlassen kann. 0.39 Uhr Einsatzfahrzeug verlassen, 0.40 Uhr Tür eingetreten, 0.41 Uhr Schußwaffengebrauch, 0.42 Rettungswagen und Notarzt angefordert, Meldung erfolgte von P. 15/1, Uhrzeit von Michel 1 0.43 Uhr. So las sich der Zeitplan dieses Einsatzes.

Ein Nachbar hatte die Polizei verständigt, weil der psychisch kranke Sohn seine Mutter mit einem Messer bedrohte. Der aufgeregte Nachbar zeigte auch sofort die Tür, die von mir mit einem Tritt aus dem Rahmen flog. Die Bausubstanz ist nicht in allen Häusern optimal. Eine Szene wie im Film, ein langer Flur, dunkel, hinten im Badezimmer brannte eine kleine Funzel, das rechte Zimmer, offensichtlich die Küche, war hell erleuchtet. Langsam griff ich an meine Dienstwaffe, behielt diese aber im Holster. Es waren keine Geräusche zu hören.

Plötzlich, mit einem lautem Karateschrei, sprang ein halbnackter Mann mir direkt vor die Füße. Einen halben Meter vor mir blieb er stehen. Rechts und links blitzende Messer in den Händen. Der Mann stand mit nacktem Oberkörper vor mir. Er wirkte richtig irre; mit aufgerissenen Augen sah mich der Mann an. Wie sich später herausstelle, ein Iran-Kämpfer, der eigentlich fest in einer Anstalt untergebracht war. Für das Wochenende hatte der Kranke Urlaub bekommen.
Die Kollegin M. stand direkt hinter mir, bekam die Sache aber mit. Sehr schnell, ohne lange zu überlegen, schoß ich auf den Mann, als er auf mich zukam. Wir hatten schon die 9 mm Pistole. Ein ohrenbetäubender Knall hallte durch das Haus. Nach dem Knall lief bei mir alles in Zeitlupe ab. Die Kugel konnte ich vorn unter dem Herz einschlagen sehen. Der Angreifer riß die Augen auf und sah mich entsetzt an. Danach fiel er sofort rückwärts zu Boden, wimmerte, stöhnte und schrie. Die Kugel durchschlug glatt den Körper. Das Geschoß donnerte im Badezimmer in die Kacheln. Nachdem ich meine Waffe wieder gesichert hatte, übernahm ich den Funkverkehr. Die Kollegin kümmerte sich mit viel Gefühl um den Verletzten. Das Einschuß- und Ausschußloch des Geschosses im Körper des Iraners waren schon beeindruckend. Die Verletzung war lebensgefährlich, die Milz wurde zerstört, die Lunge angekratzt und die linke Niere fiel meinem Schuß auch noch zum Opfer.
Die Abwicklung des Einsatzes vor Ort war Routine. Nachher wurde ich von vielen Kollegen gefragt, wie ich mich fühlen würde, nach dieser dramatischen Aktion. Mir war klar, daß der Mann nicht mehr alt wird, wenn er die Sache überhaupt überleben würde. Die Verletzung war akut lebensgefährlich. Die bedrohte Mutter flüchtete vorher aus der Wohnung, als der Nachbar über Telefon die Polizei verständigte. Während des Telefonats konnte der Nachbar dies nicht beobachten und uns somit diesen Umstand auch nicht mitteilen. Den Vater fingen wir eine Stunde später in Unterhosen auf dem Fischmarkt ein. Auch er flüchtete vor Angst aus der Wohnung.

Hatte ich mir irgend etwas vorzuwerfen? Wohl kaum. Die strafrechtlichen Ermittlungen gegen mich verliefen negativ. „Es wurde keine strafbare Handlung eines Polizeibeamten festgestellt“, teilte mir der Staatsanwalt mit. Nach einem Schußwaffengebrauch mit Personenschaden wird alles und nichts überprüft. Macht der Beamte einen Fehler, wird er rigoros zur Rechenschaft gezogen und sitzt plötzlich auf der Anklagebank vor dem Richter. Die strafrechtliche Seite war mir von Anfang an klar. Wir waren zwar in der fünften Etage, aber ein Zeuge sah tatsächlich aus der sechsten Etage von gegenüber in die Wohnung. Der Zeuge bestätigte den von mir berichteten Sachverhalt. Ein wichtiger Mann, der seine Feststellungen ganz objektiv geschildert hatte.

Noch in dieser Nacht saß ich beim Chef. Der sprach mit mir über die Rechtslage, die eindeutig war. Ganz nebenbei wies er mich auf den Umstand hin, daß ich möglicherweise einen Menschen getötet habe. Das war mir auch bewußt, aber was sollte ich nach diesem Ereignis sagen? Es war eine sehr kurze, persönliche Unterhaltung mit dem Chef. Danach hat mich niemand mehr angesprochen, sich um mich gekümmert oder gefragt, wie es mir geht. Hier war mein Ruf als harter Mann nicht unbedingt hilfreich. Harte Männer haben ab und zu auch eine weiche Minute. Sehr oft habe ich über diese Sekunden nachgedacht.

Heute ist das anders. Psychologen stehen auf Wunsch zur Verfügung, die sich für die Bewältigung der Probleme einsetzen.

Auch nach 27 Jahren weiß ich immer noch den Tag, 18.12.1985, 0.39 Uhr, mit Peter 15/1.

Technik

Hundert Meter weiter von diesem Haus am Fischmarkt gab es ein paar Wochen später ein ganz anderes Erlebnis.

Mit meinem Kollegen Peter war ich mit dem 15/2 auf das Fischmarktgelände gefahren. Es war gegen 2.00 Uhr. Leichter Schneefall hatte eingesetzt, und die Straßen wurden glatt. Mitten auf der Straße stand ein Sattelzug. Die Fahrertür war leicht geöffnet, und der Motor lief laut und unrund. Ein Fahrer war nicht zu sehen. Der Lastzug stand ungünstig und mußte eigentlich dort entfernt werden. Da der Schlüssel steckte und die Maschine lief, beschloß ich, das Ungetüm auf einen Parkplatz zu fahren. Solche Maßnahmen waren denkbar, durch die Polizei zulässig und die billigste Methode für den Verursacher. Ich hatte schon einige Jahre den Lkw-Führerschein und viele Instrumentenbretter im Inneren gesehen. So etwas, wie hier zu sehen war, erstaunte mich doch. Ich wollte eigentlich nur das Licht einschalten. Dazu drückte ich einige Knöpfe. Durch ein komisches Geräusch wurde ich aufmerksam und mißtrauisch.

Als ich mich hektisch umsah, konnte ich mit Schrecken feststellen, daß sich der Auflieger langsam nach oben schob. Es war wohl ein Kipper. Wenige Sekunden hatte ich noch Zeit, dann würde diese Maschine selbständig die Ladung abkippen. Ich wußte nicht, was auf der Ladefläche war. So ein Lkw ist ja auch ganz schön hoch, und von der Straße aus konnte ich nicht sehen, was geladen war. Mein Kollege sprang ebenfalls zu mir ins Führerhaus. Gemeinsam drückten wir alles, was wir mit unseren kalten Fingern erreichen konnten. Dann war plötzlich Stille. Der Auflieger blieb erst in halber Höhe stehen. Danach senkte er sich mit einem zischenden Geräusch und blieb unten. Als wir uns den Schweiß von der Stirn wischten, kam der aufgeregte Fahrer. Er wollte seinen Motor nur warmlaufen lassen und hatte für eine Kaffeepause die Fernfahrerkneipe gegenüber aufgesucht.

„Was haben sie denn geladen?“ fragte ich noch neugierig.

„Fünfundzwanzig Tonnen Streusalz“, war seine Antwort.

Nach dieser Antwort teilten wir dem Fahrer mit, daß die Sache erledigt sei. Im Streifenwagen spekulierten wir noch lange, was der Chef gesagt hätte, wenn ich fünfundzwanzig Tonnen Streusalz auf den Fischmarkt abgekippt hätte. Es wäre sicher peinlich gewesen.

Der General geht

Unser Chef wurde von seiner Pensionierung völlig überrascht. Er ging im Februar 1986 in den wohlverdienten Ruhestand. Das haben viele gedacht, aber er übernahm das Spielcasino an der Reeperbahn. Als PR-Manager, das konnte der Mann, war er jeden Tag von 16.00 bis 6.00 Uhr im Casino anwesend. Das war seine Zeit. Es kam während seiner aktiven Zeit oft vor, daß er zum Frühdienst kam und den Spät-Nachtdienst begrüßte. In den letzten zwei Monaten war der Chef ständig nachts im Revier, auf Schritt und Tritt begleitet von Tarzan, der eigentlich Manfred hieß. Das war unser Chef-Zivilfahnder, weisungsbefugt, und gab die Aufträge des Chefs an die Kollegen weiter. Ein hochausgezeichneter Beamter mit langjähriger Erfahrung im Milieu. Viermal wurde ihm das rote und silberne Verdienstabzeichen der Polizei verliehen. Allerdings war seine Zeit zu Ende, als der Chef ging. Er wurde auf eigenen Wunsch umgesetzt und arbeitete weiter als Kriposachbearbeiter an einem Kommissariat.
Der General verabschiedete sich mit einem rauschenden Fest im Zillertal. Live gesendet über das Fernsehen und im Radio übertragen. Die Prominenz gab sich hier gegenseitig die Hand. Natürlich waren auch viele St. Paulianer anwesend. Einige Jahre Knast saßen mit Sicherheit am Tresen. Ich selbst habe nicht daran teilgenommen, aber besuchte den General immer wieder dienstlich im Spielcasino. Hier war nicht die heile Welt. Viele Betrüger fielen den Angestellten auf. Der ehemalige Chef verlangte immer zivile Beamte, aber zum Schluß fuhr schließlich doch ein Funkstreifenwagen mit Blaulicht vor. Er wurde eben wie jeder andere Bürger behandelt, der dringend die Hilfe der Polizei

brauchte. Reihenweise wurden die Täter festgenommen. Anordnungen konnte er nicht mehr erteilen. Meinem alten Chef tat ich oft und gerne einen Gefallen. Daher setzte ich als Wachhabender wunschgemäß Zivilfahnder ein. Der Alte war immer wieder begeistert. Der General verstarb im Alter von 69 Jahren an den Folgen eines Herzinfarktes. Zahlreiche Kollegen nahmen an der Trauerfeier teil und ehrten den anerkannten und manchmal gehaßten Chef.
Mit dieser Pensionierung endete die Ära des gehobenen Dienstes in der Revierführung auf St. Pauli. Seit Februar 1986 wird die Davidwache von einem Beamten des höheren Dienstes geführt. Hier wurden in den folgenden Jahren Polizeiräte, Oberräte und ein Direktor eingesetzt. Zweifellos eine richtige Entscheidung der Polizeiführung, verbunden mit dem Nachteil, daß die Revierführer öfter wechseln. Bis 1995 hatte ich immerhin vier Revierführer des höheren Dienstes, einen Polizeidirektor sogar zweimal.

Dienstunfälle

Jeder Polizeibeamte kann sich im Dienst verletzen. Obwohl ich den Ernst dieser Unfälle nicht verkennen möchte, gab es einen Dienstunfall meines Kollegen, über den ich noch auf der Heimfahrt gelacht habe.
Eines Nachts war ich in Zivil mit Ralf unterwegs. Er war ebenfalls einer meiner Partner, und wir verfolgten in dieser Nacht gezielt Rauschgiftdelikte. Zu dieser Zeit stand noch die alte Passage am Spielbudenplatz mit den vielen Lokalen, wo sich die Farbigen aufhielten und dealten. Einen schönen Handel mit Geldübergabe konnten wir beobachten. Kurz bevor wir dazukamen, flüchtete der junge Afrikaner, und Ralf sprintete hinterher. Die Verfolgung zog sich durch die gesamte Passage. Kurze Zeit später verlor ich meinen Kollegen aus den Augen. Er tauchte einfach nicht wieder auf. Nachdem auch die angeforderten Funkstreifenwagen nichts mehr feststellten, ging ich

langsam zur Wache zurück. Der Funkverkehr wird im Wachraum aufmerksam verfolgt, deshalb fragte mich mein ehemaliger Wachhabender Hans:
„Wo ist Ralf denn?"
„Weiß ich nicht, aber der gehört zu den Leuten, die wiederkommen", war meine kurze Antwort.
Plötzlich kam er in die Wache. Besser gesagt, langsam öffnete sich die Tür, er hielt sich sämtliche Knochen und kroch herein.
Der Unfallhergang war schnell erzählt. Bei seiner Flucht sprang der Farbige über eine Blumenrabatte. Ralf sprang hinterher, landete aber in der Mitte dieses angelegten Blumenbeetes. Insider (auch Ralf) wußten, daß sich unter dieser Passage eine Tiefgarage befindet. Eine Garage muß nach der Bauordnung über Notausgänge verfügen. Versteckt unter den Büschen fehlte eben dieses Gitter eines Notausganges. Der Farbige kam hinüber, Ralf leider nicht. Er stürzte in den tiefen Notausgang. Die Treppe aus der Garage nach oben tat den Rest. Einige blaue Flecke, Hautabschürfungen und Prellungen waren die Folge. Es war nicht viel passiert. Eine Woche später war der Kollege wieder dienstfähig.

Schmerzhafte Verletzung

Beide Schichtführer waren aus dem Urlaub zurück. Mitte Juni 1986 fuhr ich mit Gerda, einer äußerst agilen und konsequenten Kollegin, auf dem Funkstreifenwagen Peter 15/2. Dieses Fahrzeug fiel kurz nach Dienstbeginn aufgrund eines technischen Defektes aus. Der Wagen war nicht mehr fahrbereit.
Früher war das einfach: Der Wachhabende rief bei der Fahrbereitschaft an und orderte ein anderes grün-weißes Auto. Hamburg wird aber immer ärmer, und der Fuhrpark schrumpft. Mit vielem Gesäusel bekamen wir einen Ford Taunus mit einem aufschraubbaren Blaulicht. Damit fuhren wir in Uniform unsere Einsätze.

Verwahrbuchführer nach einem Dienstunfall, eine Person reklamiert lautstark seine Festnahme. Foto: Thomas Metelmann

Gegen 18.00 Uhr wurden wir zum Crazy-Jeans gerufen. Die Verkäuferin hatte einen Kreditkartenbetrüger gestellt. Sie wollte eine Anzeige erstatten. Ein Routinefall, mehr nicht. Der Täter war ein kräftiger, bulliger Kerl. Er verhielt sich freundlich. Plötzlich lief der Mann aus dem Geschäft, konnte von mir aber noch am Ärmel festgehalten werden. Allerdings bog er am Eingang nach rechts ab. In seiner Faust verdrehte mir der Täter meinen kleinen Finger der linken Hand. Ein lautes Knacken war zu hören, verbunden mit einem tierischen Schmerz. Gerda und ich verfolgten den Mann weiter, sprangen dabei über Tische und Stühle am Hans-Albers-Platz. Dort konnte ich den Mann festhalten. Einhundertdreißig Kilo wog der brutale Herr. Der Mann und ich lagen auf dem Boden. Mit meinen einhundertzehn Kilo saß ich auf seinen Schultern. Trotzdem stand er mit mir einfach auf.
An der Querstraße saßen acht Indonesier, die mich kannten. Wortlos standen die Männer auf, als ich bereits einen Meter vom Boden abgehoben hatte. Es klatschte ein paar mal laut. Heute bin ich mir nicht sicher, ob ich die Handfesseln angelegt habe. Meine Helfer ord-

neten ihre Kleidung, grinsten mich an und gingen. Ein Funkwagen der Wache brachte unsere Festnahme in die Zelle. Ich fuhr ins Krankenhaus. In meinem Bericht erwähnte ich meine Helfer als unbekannte Passanten. Namentlich kannte ich tatsächlich keinen, aber das war unwichtig.

Die Diagnose ergab einen Splitterbruch des fünften Fingers links. Es waren drei Schrauben notwendig, um die Knochen wieder zusammenzufügen. Zwei Stunden auf dem OP-Tisch zum Hereinschrauben, eine Stunde zur Entfernung der Metallstifte, das alles ambulant, verbunden mit höllischen Schmerzen. Acht Monate später war ich wieder hergestellt. Allerdings mit einem kleinen Nachteil. Seit dieser Zeit ist der Finger ein unveränderbares Kennzeichen von mir, steif, versehen mit einer sechs cm langen Narbe, die sich im Winter heute noch blau verfärbt.

Der Täter hatte richtig Pech. Nach diesem Vorfall mit mir ging er in Haft. Für die Körperverletzung bekam er neun Monate Freiheitsstrafe ohne Bewährung. Nach der Verurteilung wurde er in diverse Haftanstalten der Bundesrepublik verschubt. Ständig nahm der Mann als Hauptdarsteller an seinen eigenen Gerichtsverhandlungen teil. Alles schöne Sammelverfahren, die ihn durchgängig bis 1994 in Haft hielten. An mich sollte der Täter dreitausend Mark Schmerzensgeld zahlen. Das Geld habe ich heute noch nicht, aber dreißig Jahre Zeit, um den Titel zu vollstrecken.

Der Treppensturz

Erfahrene Zivilfahnder verfügen über einen Personenkreis, der ab und zu Hinweise an die Polizei gibt. Bei Spezialdienststellen werden diese V-Leute genannt.
Gleich zu Beginn des Nachtdienstes bekamen mein Kollege und ich einen Tip. In einem Haus an der Reeperbahn sollte sich in einer Wohnung ein illegaler Farbiger aufhalten. Die Wohnung kannten wir schon. Gegen 21.00 Uhr klingelten wir an der Wohnung. Ein sehr freundlicher Mann öffnete die Tür und begrüßte uns sogar. Er bat uns sogar in die Wohnung. Die Wohnungstür ließ der Mann auf. Das machte uns in diesem Moment allerdings nicht mißtrauisch. Wir erklärten dem Schwarzen auf Englisch unser Anliegen und baten ihn, sich auszuweisen. Der Farbige sah uns entsetzt an, sprintete durch den Flur und verließ die Wohnung. Nun war klar, warum der Herr die Tür aufgelassen hatte.
Noch vor dem ersten Treppenabsatz konnte ich den Flüchtigen an der Jacke erfassen. Wir strauchelten, ich hatte plötzlich die Jacke in beiden Händen und flog mit dem Verdächtigen die ersten zwölf Stufen herunter. Wir beide landeten auf dem zweiten Absatz. Hier konnte ich die Person nochmals an beiden Füßen festhalten, besser gesagt mit meinen Armen umklammern. Der Mann stürzte wie eine Kerze nach vorn und riß mich die zweite Treppe mit zehn Stufen herunter. Unten vor der Haustür blieben wir sekundenlang liegen. Er konnte nicht mehr flüchten, weil die Eingangstür zum Haus nach innen aufging. Mittlerweile lief auch mein Partner nach unten und fesselte den Flüchtigen. Ich mußte erst einmal meine Knochen sortieren und stand dann langsam auf. Kurze Zeit später humpelte ich zur Wache. Der Farbige war ein Illegaler, wurde in Haft gesetzt und Monate später abgeschoben. Meinen Nachdienst mußte ich schon nach rund einer Stunde abbrechen. Blaue Flecke an Armen, Beinen und eine verstauchte Hand waren die Folgen dieser Aktion. Mit ein bißchen mehr Umsicht schon zu Beginn des Einsatzes hätte man den Fluchtversuch unterbinden können.

Der weiche Sand

Treppen sind gefährlich. Das weiß jeder. Man kann auch woanders hinein fallen und weiß eigentlich nicht, wie das passieren konnte.
Routine ist gefährlich. Irgendwann wird nicht aufgepaßt. Mit Rene überprüfte ich ein Türkenlokal. Die Stammgäste waren uns bekannt, und so wurde schnell ein illegaler Ausländer ausgemacht. Einen Paß hatte der Mann nicht. Es erfolgte die vorläufige Festnahme. Ruhig war der Türke. Nichts sprach für eine bevorstehende Flucht. Ich führte den Mann am Arm zur Lokaltür. Hier war unser Zivilwagen geparkt. Unser Auto stand vor einer Baustelle.
Als ich die hintere Tür öffnete, bekam ich plötzlich einen kräftigen Stoß. Ich fiel nach hinten, saß für Sekundenbruchteile auf einem Absperrgerät und fiel wie in Zeitlupe um.
Plötzlich fand ich mich im weichen Sand einer Baugrube wieder. Die Gaswerke hatten sich noch etwas Zeit gelassen mit dem Zuschütten der Grube. Der Türke lief weg, sah sich aber noch einmal mitleidig um und blieb kurz stehen. Mein Kollege saß leider schon auf dem Fahrersitz. Ich war wütend über diese Amateurarbeit von mir. Trotzdem rappelte ich mich hoch und verfolgte im Laufschritt meine Festnahme. Es ging durch Büsche, über nasses Kopfsteinpflaster und schließlich zu einem Hochhaus. Der Türke sprintete durch eine größere Rabatte und verschwand plötzlich. Ich in meiner Hektik hinterher. Auch ich verlor den Kontakt zum Boden und fiel ins Leere.
Die Örtlichkeit ist leicht erklärt. Das Hochhaus stand tiefer und die Rabatte lag höher. Eine ca. drei Meter hohe Mauer ließ das Blumenbeet abrupt enden. Noch im Fallen sah ich meine Festnahme am Boden liegen. Sofort danach fiel ich auf ihn drauf. Wir erschraken uns beide. Trotzdem war der Türke zuerst auf den Füßen und lief weiter. Irgendwo auf dem Fischmarkt holte ich den Mann ein. Es erfolgte keine Gegenwehr mehr, wir fielen uns einfach in die Arme und schließlich um. Ich hatte ihn. Mühsam legte ich eine Handfessel an. Mittlerweile kam auch Rene mit unserem Auto hinterhergefahren. Schließlich war er ja auch zehn Jahre älter.

Seinen lapidaren Spruch weiß ich heute noch: „Wo läufst du eigentlich hin, das kann doch nicht angehen!“
Ich konnte nichts mehr dazu sagen. Das war wohl auch besser für mich. Der Türke wurde zur Wache transportiert, dann allerdings weiter ins Krankenhaus. Bei dem Sturz oder als ich auf ihn fiel, zog er sich tatsächlich einen Milzriß zu. Nach der Behandlung wurde er abgeschoben.

Jahre später

Sprüche muß man sich merken und eventuell weitergeben.
Mit Werner besetzte ich im Nachtdienst den Peter 15/1. In einer Nebenstraße wurde eine ältere Frau überfallen. Zufällig standen wir mit dem Einsatzwagen etwa hundert Meter entfernt. Die Oma lag auf dem Boden, und zwei männliche Personen liefen weg. Ich gab Gas, hielt an und kümmerte mich um die verletzte Frau. Werner lief los, sah sich noch um, ob ich ihm folgte. Das war aber nicht der Fall.
Nachdem ich den Rettungswagen bestellt hatte, kam Werner nach etwa zehn Minuten zu Fuß mit einem der Täter an. Die weiße Mütze saß schief und das Hemd war schweißnaß. Stolz kam er zu mir und präsentierte den Täter.
„Ich habe ihn, die Waffe hat er auch noch, das Geld von der Frau steckt in seiner Tasche“, wollte er mir erklären. Wohl etwas gelangweilt sah ich Werner aus dem Streifenwagen an und fragte: „Ja, das ist ja schön für dich, aber wo ist denn der zweite Mann?“ „Das habe ich ja noch nie gehört“, sagte er entsetzt.
Dann beruhigte er sich wieder. Er sah ein, daß ich mich wohl um das verletzte Opfer kümmern mußte. Der Rest war auch einfach. Ich fragte den Täter nach seinem Kumpanen. Eine Stunde später nahmen wir diesen in einem Hotelzimmer fest.
„Hätten wir schon alles viel früher erledigen können, aber du läßt ja einen weglaufen“, flachste ich noch.

Ich bekam keinen Kommentar. In geselligen Runden ist dieser Einsatz aber immer wieder mal ein Gesprächsthema zwischen uns. Nebenbei gesagt, ist die Festnahme eines bewaffneten Räubers nicht ungefährlich, aber Spaß und lustige Sprüche gehören zum Dienst. Sonst geht es nicht.
Bei diesem Einsatz war ich nun mal zehn Jahre älter. Es war also klar, wer hinter den Tätern herläuft.

Meine erste Praktikantin

Es gibt bestimmte Stichtage, da werden die Praktikanten den Dienststellen zugeteilt. Der jeweilige Chef hat das Problem, eine geeignete Schicht auszuwählen. Es gibt Kollegen, die wurden für diese Betreuung besonders geschult. Lehrgänge an der Schule waren nicht mein Fall.
Kurz vor der Zuteilung kam mein Wachhabender Bert zu mir. Er fragte mich, ob ich diesmal eine Praktikantin übernehmen wollte. Eigentlich nicht, denn die erste Zeit ist anstrengend. Wenn ein Praktikant nicht rund läuft, nützt der beste Ausbilder nichts.
„Mach das mal!" wurde ich von Bert aufgefordert.
Zwei Tage später kam die neue Kollegin zum Spätdienst. Ein kleiner, blonder Lockenkopf, der mir gerade bis zur Schulter reichte. Ein bißchen schüchtern, aber nicht auf den Mund gefallen. Das war Maria, die sich für den Polizeiberuf entschieden hatte. Auch Polizeischüler informieren sich vorab, wer denn der Bärenführer wird. Einige Kollegen äußerten sich in der Weise, daß ich nicht einfach und ein bißchen unhöflich wäre.
Zuerst fuhren wir zu dritt, aber sehr schnell waren wir beide auch allein unterwegs. Die Berichtsfertigung war innerhalb kürzester Zeit präzise, schlichtweg gut. Wir konnten Maria schon an der Wache absetzen, sie schrieb den Bericht und ließ sich später von uns wieder abholen. Nie gab es trotz ihrer körperlichen Unterlegenheit ein Problem. Bei mehreren Festnahmen und Widerständen erledigte ich das Grobe.

Maria legte immer sehr fix und gekonnt die Handfesseln an. Es war für viele St. Paulianer niederschmetternd, wenn das kleine Mädchen einen Riesenkerl allein zum Funkstreifenwagen schleppte. Auf St. Pauli ist kein Polizeibeamter allein. Die Touristen bilden ein riesiges Zuschauerpotential. Deshalb war auch ein professionelles und rechtmäßiges Handeln erforderlich. Mehrmals wuselte sich Maria durch die staunenden Leute und erteilte dabei auch noch mutig laute Anweisungen, die sofort von ihren Klienten befolgt wurden.

Bei der Ahndung von schlichten Verkehrsverstößen ließ Maria sich cool von den Herren beschimpfen. Sie wurde immer ruhiger, lachte und hängte die Zettel an die Scheiben der großen Karossen.

Nach dem Praktikum bekam ich von ihr einen goldenen Ticketblock zur Erinnerung mit der Inschrift:

„Liebe Grüße und danke für Deine unendliche Geduld!"

Ihr kleiner Nachsatz sitzt bei mir heute noch in guter Erinnerung: „Man muß Dich nur richtig kennen."

Heute sitzt Maria manchmal auf Michel 4 in der Funkzentrale und gibt mir die Einsätze und Anweisungen.

Aufgrund dieser positiven Erfahrungen war ich den Frauen in der Polizei durchaus aufgeschlossen. Ich kannte schließlich noch die frauenlose Zeit. Viele Kollegen waren damals überzeugt, daß Frauen nicht in die Uniform gehören. Der Männerberuf wurde zwar etwas unterwandert, aber das Klima in der Schicht ab und zu auch besser. Mittlerweile gehören die Kolleginnen zum gewohnten Alltagsbild.

Ich habe noch eine wilde Verfolgungsfahrt in Erinnerung, wo eine junge Kollegin am Funkgerät eine wirklich radioreife Reportage lieferte und die Standortmeldungen routiniert und ohne Aufregung durchgab. Nach ihrer letzten Meldung waren einige Minuten Ruhe im Funkverkehr. Kollegen nahmen unterdessen den Täter fest. Plötzlich meldete sich ein männlicher, der Stimme nach älterer Polizeibeamter und sagte unaufgefordert:

„Wir wollen der Kollegin mal unser Kompliment aussprechen, so etwas haben wir lange nicht gehört!"

Der Funksprecher Michel 1 schloß sich sofort an:
„Für dieses Lob die Uhrzeit 3.20 Uhr!“
Der Praktikantin Maria folgten in meiner Schicht Cathrin und Luisa. Auch diese Damen hatten aufgrund ihrer Leistung keine Probleme mit dem Männerberuf und sind heute im Polizeidienst voll einsatzfähig. Beide befinden sich zur Zeit in der Ausbildung zum gehobenen Dienst.

Wahre Spezialisten

Nach meinem Wechsel in die A-Schicht bekam ich auch einen neuen Vorgesetzten. Verantwortlicher Reviereinsatzführer (REF, heute Dienstgruppenleiter, DGL) war der Jochen. Der Mann war Polizeiobermeister mit Prüfung, nahm alles ganz genau, entwickelte sich zu einem versierten, routinierten Einsatzführer und hatte die Rechtsgrundlagen immer parat. Ich habe keinen Einsatz erlebt, wo er flatterig wurde oder Fehler machte. Bei einer Schlägerei bekam er einmal einen Gartenstuhl über den Schädel, schüttelte sich den Rest ab, richtete seinen Helm wieder, stieg aus dem Rahmen und befreite anschließend mit mehreren Warnschüssen am Hans-Albers-Platz allein Kollegen aus einem Funkstreifenwagen. Die Beamten waren von einer Meute Chaoten umlagert. Der Funkstreifenwagen sollte umgestürzt werden. Die Kollegen haben sich im Einsatz auf ihn verlassen, weil er an vorderster Front mitkämpfte.
Allerdings waren nur wenige Beamte mit ihm per du, was aber nichts am Klima änderte. Das war seine Linie, die auch anerkannt wurde. Ich habe nicht gefragt, was ich zu ihm sagen sollte. Er staunte damals nicht schlecht, als ich bei einem sehr hektischen Einsatz quer über die Straße grölte:
„Jochen, was ist da eigentlich los?!“
Uns beide verband ein gewisses Hobby. Wir nahmen uns die Kfz-Diebstähle vor. Viele Autofahrer machten sich richtig Mühe, um einen Autodiebstahl vorzutäuschen. Teilweise reisten die Fahrer aus

Rechtliche Probleme? Die Ergebnisse der Ermittlungen werden diskutiert.

Bremen, Hannover, Osnabrück oder sogar München an, nur um eine Diebstahlsanzeige bei uns zu erstatten. St. Pauli war berühmt für die Kriminalität. Gegenüber der Versicherung sollte es glaubhafter klingen, der Diebstahl sei in diesem Gebiet erfolgt. Eigentlich wäre es so, daß der Autofahrer in die Dienststelle kommt, mitteilt, daß sein Auto gestohlen wurde und sofort die Anzeige aufgenommen werden würde. Mit dem Aktenzeichen erhielt der Geschädigte vier Wochen später von der Versicherung die Entschädigung. Bei uns war das ganz anders. Ohne weiteren Kommentar wurde die Anzeige von einem Beamten aufgenommen. Jochen und ich kümmerten uns um die Mitfahrer. Die angeblich wichtigen Zeugen für den Kriminalfall. Allein bei der Schilderung des Abends auf St. Pauli gab es schon Widersprüche. Einer ging ins Kino, kannte den Film aber nicht. Andere befanden sich angeblich in einem Lokal, konnten dies nicht wiederfinden, und ein ganz Dummer legte einen Mercedesschlüssel vor, obwohl ihm ein Polo gestohlen wurde. Unsere Motorradfahrer kamen immer zur Domzeit, waren so frech und stellten das eigene Auto 50 Meter von der Dienststelle entfernt ab. Mit Helm und Handschuhen gingen diese Damen und Herren abgebrüht in die Wache. Sie erzählten ein Märchen. Es gab kei-

nen Menschen, der gleichzeitig Motorrad und Auto fahren konnte. Auf Vorhalt dieser Feststellungen waren selbst Profis in Schwierigkeiten. Nach dem Anfangsverdacht, durch eigene Ermittlungen erhärtet, erfolgte von Jochen eine ausführliche Belehrung, die Stil hatte. Jochen sagte zu unseren Kunden immer denselben Satz:
„Passen sie mal auf, ich bin der Hauptkommissar hier, ich habe noch ein paar Fragen und sie haben folgende Rechte."
Nun muß man sich die Gedanken der angeblichen Geschädigten vorstellen:
„Hauptkommissar der Wache, noch ein paar Fragen, Mann oh Mann, das geht nicht gut ..."
Viele brachen gleich zusammen, andere mußten mit den Beweisen hart konfrontiert werden. Bei der Vernehmung waren Jochen und ich ein eingespieltes Team. Nach einer ausführlichen Belehrung kamen die Geständnisse manchmal weinend zutage. Die Motive waren meistens Leasingverträge mit hohen Raten, Verkehrsunfälle oder Schulden. Außerdem hielten alle die Schutzpolizei für blöd.
Die besonders harten Brocken nahmen sich unsere Zivilfahnder vor. Diese Beamten hatten durch die Vielzahl der Fälle eine gewisse Routine. Die Zivilfahnder bekamen den Auftrag einer Observation. Jochen hatte es gar nicht gern, wenn nach einer Vernehmung nichts herauskam und die Zivilfahnder den Beschuldigten anschließend aus den Augen verloren.
Die Observation war schwierig, insbesondere dann, wenn die Straßen menschenleer waren. Selbst der Dümmste merkt wohl, daß die Polizei hinterherläuft. Ein Kollege sagte zu mir nach einer langen Observation: „Laufe mal einem Menschen in der Wüste hinterher, ohne daß er das merkt. Dann bist du gut!"
Die Ergebnisse der Zivilfahnder ließen sich sehen. Viele der Betrüger wurden an ihrem eigenen Zweitwagen oder der Motorradfahrer im Fahrzeug des Freundes festgenommen. Karl lief mit seinem Partner einmal von St. Pauli bis hin zur Hamburger Straße. Dort konnten die Beamten den Beschuldigten noch mit einem Auto abfahren sehen. Der Rest der Ermittlungen war Routine. Das zuständige Landeskriminal-

amt war begeistert und auch die Amtsrichter, wo wir (Jochen und ich) als Zeugen Stammkunden waren.
Innerhalb von zwei Jahren klärten wir über 70 Fälle von vorgetäuschten Diebstählen sofort auf. An einem Wochenende sonnabends fünf Fälle, am darauffolgenden Sonntag im Nachtdienst vier. Bei der Vielzahl der Beschuldigten hatten wir schon in der oberen Etage die Schreibräume belegt, und mehrere Kollegen waren mit der Berichtsfertigung befaßt. Jochen lief hektisch hin und her und betätigte sich als routinierter Regisseur. Er gab Tips, überprüfte die Rechtslage und blieb als Vorgesetzter bis zum Schluß. Es spielte dabei keine Rolle, daß eventuell seit Stunden Feierabend war. Bis zu einer Gesamtschadenssumme von über einer Million Mark haben wir mitgezählt! Der teuerste Pkw stand mit 220.000 Mark, der billigste mit 3.000 Mark zu Buche.
Eine sehr große Versicherung war von diesen Ermittlungen begeistert. Es gab aber keine Provisionen. Für Ermittlungen dieser Art wird der Polizeibeamte ja auch mit seinem Gehalt bezahlt. Außerdem hat er die Pflicht, Straftaten aufzuklären.
Unsere Verfahrensweise hatte sich durch den guten Kontakt zu den Nachbarrevieren herumgesprochen. Diese Kollegen erzielten ebenfalls gute Erfolge.

Festnahme im Auto des Freundes, erfolgreiche Observation. Foto: Thomas Metelmann

Unser Revierführer erkannte unsere Leistung auch an, schrieb uns in den ersten drei Fällen vier Freizeitstunden an und gab schließlich entnervt und kopfschüttelnd auf. Nur wir mußten natürlich Verständnis zeigen, denn 70mal vier Stunden ergibt eine beträchtliche Freizeit. Das konnte er beim besten Willen nicht mehr verantworten. Wir hatten unseren Erfolg. Das war uns wichtig.

Brutale Zeiten

St. Pauli macht sich in der Presse immer gut. Jedes Gewaltdelikt wird mediengerecht aufgearbeitet. Ohne zu übertreiben, aber es würde den Rahmen sprengen, wenn ich jedes Tötungsdelikt, an dem ich als Polizeibeamter im Einsatz beteiligt war, erwähnen würde. Zu Zeiten des Pinzner-Mordes in der Ritze war ich als Zivilfahnder dabei und hatte gerade meine Frau Brigitte kennengelernt. Das war eine Bundesbahnbeamtin und sie hielt mich offensichtlich für nicht ganz dicht, als ich sie kurz anrief und mitteilte:
„Hier wurde einer erschossen, ich muß für heute absagen!"
Aber neugierig war sie trotzdem und kaufte im Frühdienst am Hauptbahnhof erst einmal alle Tageszeitungen. Mit der Zeit hat sie sich an dramatische Ereignisse, meine vielen Blessuren gewöhnt und bleibt ruhig. Auch für eine Ehefrau kann der Polizeiberuf nervenaufreibend sein.
In den späteren Jahren 1992, 1993 und 1994 gab es auf St. Pauli meiner Erinnerung nach eine Vielzahl von Tötungsdelikten oder Tötungsversuchen. Man sprach schon davon, daß die sich alle selber umlegen. Die Mehrzahl der Delikte waren in meiner Schicht und ich jedesmal vor Ort.
Da lag zum Beispiel das Opfer in einer Kneipe der Großen Freiheit mit mehreren Messerstichen in Rücken und Bauch, schräg vor dem Musikautomaten. Gleich morgens um fünf Uhr dreißig. Da fängt der Tag doch gut an. Der Kellner rief zwar die Polizei, aber vom Abwaschen der

Gläser ließ er sich nicht abhalten. Ansprechbar war der Mann noch, als ich ihn fragte, wer denn der Täter gewesen sei. Ein starrer Blick, ein leichtes Stöhnen mit: „Ich weiß nicht ..." Das waren seine letzten Worte. Der verstarb während der sehr kurzen Unterhaltung mit mir.
Unzählige Messerstechereien führten zum Tod von vielen jungen Leuten. Aggressive Südländer und Kriminelle beharkten sich auf Teufel komm raus. Alles Machtkämpfe, oder es ging einfach nur um Frauen, die der Prostitution nachgingen und die Männer, bedingt durch das Milieu, in Machtkämpfe verwickelten. Zerschnittene Hälse, aufgeschnittene, stinkende Bäuche und abgetrennte Gliedmaßen. Das sind Anblicke, die den Polizeibeamten massiv belasten können.
Ein Zuhälterstreit im Hamburger Berg endete schlicht damit, daß ein Kontrahent dem anderen ein Römerglas ins Auge stieß. Diesem Frankfurter wurde einfach das Auge aus dem Kopf geschält. Ich habe noch nie in eine so große, gelbe, blutende Kopföffnung gesehen. Der Verletzte lief im Lokal hektisch auf und ab. Nur mit Mühe konnten wir ihn davon abhalten, seine Verletzung im Spiegel zu betrachten.
Ein Streit in der Davidstraße war eigentlich schon erledigt, als ich hinter dem Vorhang eine Person sah. Der Mann hielt sich mit diesem Stoff das Gesicht. Als ich mir die Verletzung ansah, fiel die gesamte Gesichtshaut, abgetrennt vom Ohr bis zum Kinn herunter. Das war eine wirklich brutale Messerverletzung. Als er mich erblickte, kippte er nach hinten um und prallte mit dem Kopf gegen die Bierkästen. Es ist wohl klar, daß er das nicht überlebte.
In der Absteige Reeperbahn, direkt neben der Wache, rächte sich damals ein junger Freier. Er hatte sich die Diagnose Aids selbst gestellt. Großzügig wie er war, nahm er zwei junge Frauen mit auf das Zimmer. Die eine Prostituierte öffnete sich gerade die Schuhbänder, als sie ein Schuß in die Stirn traf. Die zweite Frau im Raum wurde anschließend mit dem Revolver hinterrücks erschossen. Der Wirtschafter, der zu Hilfe kam, erhielt einen tödlichen Treffer in die Brust. Die letzte Kugel benutzte der Freier für sich. Vier Tote auf 15 Quadratmetern, das ist heftig, wenn man sich langsam umdreht und sieht von oben auf die noch blutenden Leichen.

Das sind nur Ausschnitte aus dem Leben eines Polizeibeamten. Hinzu kommen noch die vielen Freitodversuche, erhängt am Türrahmen oder die unzähligen, verwesten Leichen in den Wohnungen, wo die Nachbarn erst anrufen, wenn es zu ihnen hinüberriecht.
Über einen vermeintlichen Kohlgeruch beschwerten sich die Hausbewohner in der Talstraße. Nachdem von uns die Wohnung gewaltsam geöffnet wurde, fanden wir eine Person unter Decken und Kissen auf dem Bett liegend vor. Es war Hochsommer. Der Körper lief schon aus. Mein Praktikant war der Ansicht, daß hier ein Farbiger wohnen würde. Aber der Körper war von der Verwesung schwarz, das mußte ich ihm erst erklären. Mit dem Sachbearbeiter des LKA packten wir den Körper aus, wobei der Gestank immer unerträglicher wurde. Dabei bin ich auf der Körperflüssigkeit am Boden ausgerutscht und fast auf den verwesten Körper gefallen. Mit den Händen konnte ich mich gerade noch an der Wand abstützen. Dabei sah ich direkt auf die Maden an der Kopfhaut. Solche Situationen bleiben über Jahre im Gedächtnis. Das Tötungsdelikt wurde nicht aufgeklärt.
Auch der Besuch einer Bäckerei kann tödlich sein. Hier stritten sich zwei Chilenen. Der Streit war brutal, sehr kurz und außerordentlich blutig. Den Stich in den Hals überlebte der Mann nicht und verstarb vor dem Tresen. Die Bild-Zeitung erklärte dieses Exklusivbild für medienwirksam und kürte es mit dem abgebildeten Einsatzführer Jochen und der damaligen Praktikantin Cathrin zum Bild-Foto des Jahres.
Bei vielen Vergewaltigungen habe ich mich an der Fahndung nach dem Täter beteiligt. Die brutalste Tat geschah während meiner Zivilfahnderzeit in der Bernhard-Nocht-Straße. Hier wurde eine junge Frau in den Hauseingang gezerrt und von ihrem Peiniger brutal auf dem Fußboden vergewaltigt. Die Frau wurde hilflos auf der Straße aufgegriffen. Sie konnte den Täter gut beschreiben. Nach ihren Angaben mußte der eine mit Erde verschmutze Hose tragen. Außerdem beschrieb die Frau einen auffälligen Hosengürtel. Mein Kollege und ich wurden ein paar Straßen weiter fündig. Die Beschreibung traf zu, und die Spuren waren vorhanden. Das wäre allein schon brutal genug. Aber der perverse Täter führte der jungen Frau noch ein ca. 30 cm

langes spitzes Holzstück in den Unterleib ein. Der Arzt in der Frauenklinik war außer sich. Nie hatte er Derartiges in seiner Praxis erlebt. Die Frau überlebte diese Tortur. Der Täter wurde zu einer mehrjährigen Haftstrafe verurteilt. Der Gürtel und die Erde an der Hose überführten ihn schließlich. Von der Frau habe ich nie wieder etwas gehört. Die Liste ist lang, und jeder Polizeibeamte macht sich seine eigenen Gedanken über diese Gewaltdelikte. Deshalb war die Davidwache an der Polizeischule beliebt. Hier erlebte man was, und die Praktikanten kamen mit Eindrücken und Erlebnissen wieder zur Schule, die es in anderen Stadtteilen nicht gab. Allerdings kehrten einige der selbsternannten Helden nicht wieder an die weltberühmte Dienststelle zurück.

Die sexuelle Freiheit

Auf St. Pauli gibt es alles. Viele wollten für dreißig Mark den gesamten Puff kaufen. Jahrelang habe ich mir die gebrochenen deutschen Sätze aller Nationalitäten angehört, die immer gleich waren: „Deutsche Frau sprechen dreißig Mark, nix fiki fiki!“ Die Schlangen am Tresen in der Wache waren nachts lang. Oftmals waren es bloße Streitigkeiten, die von den Polizeibeamten geschlichtet werden konnten. Betrog eine Frau aber offensichtlich, gab es eine Anzeige wegen Betruges. Eine Gerichtsverhandlung habe ich aber nie mitgemacht. Das große Problem für die Freier war tatsächlich die Beweisführung. Wer nimmt sich einen Zeugen mit in den Puff, der zusieht, um später einen eventuellen Betrug nachweisen zu können?
Erstaunt war ich immer über die vermeintlichen soliden Geschäftsleute, die im seidenen Anzug vor dem Tresen standen. Eines Nachts, morgens um drei, stand einer dieser Herren vor mir am Tresen. Der Mann beschwerte sich lautstark über eine Prostituierte, der er 300 Mark bezahlt hätte. Nichts sei passiert. Zweifelnd ging ich mit, denn gut bezahlte Frauen bringen normalerweise auch die Leistung, die abgesprochen wurde. Es war wieder ganz anders. Wir gingen in ein Kabinett.

Eine sehr strenge Lederdame erwartete uns. Die war so dominant, daß mein Praktikant überhaupt nichts mehr sagte. Schüchtern sah er die Frau an und musterte sie mit verschämten Blick von Kopf bis Fuß. Das war wirklich eine Frau, vor der sich jeder fürchten konnte.
„Herr Wachtmeister, ich zeige ihnen mal, was vereinbart war", sagte sie sehr bestimmt.
Wir gingen in den Keller, dunkel und etwas mit Schwarzlicht beleuchtet. In der Mitte des Raumes stand ein Käfig mit Gitterstäben, etwa 1,20 m hoch und 80 cm breit. Der Klient hatte für eine normale Abstrafung bezahlt. So saß unser Geschäftsmann eine Stunde lang nackt im Käfig und hielt sich wohl erwartungsvoll an den kalten Gitterstäben fest. Alle 10 Minuten kam die Lederdame herunter, schlug mit einem Rohrstock auf den Käfig und beschimpfte ihn. Das war doch schon dreihundert Mark wert. Wer erlebt so etwas?
Der Geschäftsmann verließ uns sofort. Von einer Anzeige war nicht mehr die Rede. Ihm war plötzlich alles peinlich. In diesen Keller wäre ich nie hineingegangen, schon aus Angst davor, daß mich die vielbeschäftigten Frauen dort vergessen könnten.
Es gab Fesselspiele. Eine besonders gefährliche Art und Weise der sexuellen Freiheit. Ein Freier ließ sich an einer speziellen Wand aufhängen; mit einer Henkersschlinge um den Hals. Es soll ein besonderer Genuß sein, nur er verlor den Boden unter den Füßen, hängte sich selbst auf und zappelte wild umher. Der Prostituierten war kein Vorwurf zu machen. Männer sind schwer, und hochheben konnte sie ihn auch nicht. Der Feuerwehr blieb nur noch das Abschneiden der Leiche übrig.
Es ist für einen Normalbürger unvorstellbar, aber die Angehörigen werden ja von uns, der Schutzpolizei, über den Todesfall informiert. Ich möchte den Schutzmann sehen, der das wegsteckt, wenn ihm eine junge Frau mit einem kleinen Kind auf dem Arm die Tür öffnet und nach dieser Nachricht zusammenbricht. Für die Kripo war es immer einfach, ein Anruf an der zuständigen Wache und die Besatzung eines Streifenwagens mußte die unangenehme Sache erledigen.
Kurz vor Weihnachten hüpfte ein älterer Herr in die Wache und schrie vor Schmerzen. Er hatte sich ein junges Ding ausgesucht und eine

russische Massage (Handmassage) vereinbart. Leider wußte er nicht, was das war. Eine schöne weiche Paste hat sie ihm aufgestrichen. Es brannte sofort fürchterlich. Wir klärten den Fall im Krankenhaus auf. Die Lernschwestern konnten sich vor Lachen nicht mehr halten. Das gute Stück war mit Zahncreme eingerieben worden. Jeder weiß, wie frisch sich der Atem anfühlen kann. Wie das an anderer Stelle wirkt, können aber nur Männer beurteilen. Die Krankenkasse soll die Behandlung nicht bezahlt haben.
Viele Männer sind ausgehungert. So fühlte sich auch ein koreanischer Seemann, als er eine Absteige in der Herbertstraße betrat. Es war gegen Mitternacht, als er dort die erste Frau mit auf das Zimmer nahm. Die Damen waren sehr bereitwillig und ausdauernd. Eine nach der anderen holte sich der Seemann auf das Zimmer. Der Liebeslohn schraubte sich im Laufe der Stunden auf über 8000 Mark. Das Geld bezahlte der Freier, ohne mit der Wimper zu zucken. Das war nicht das Problem. Aber auch die härtesten Liebesdamen möchten einmal Feierabend machen. Aus diesem Grunde rief die Wirtschafterin auch an der Wache an. Uns bot sich ein Bild zum Lachen. Im Wirtschaftsraum saßen sechs Damen, völlig entnervt und fertig. Zwei der Frauen schüttelten nur verzweifelt mit dem Kopf. „Das hat es hier noch nicht gegeben, Herr Wachtmeister", sagte eine der Frauen. „Der Kerl ist oben und will nicht gehen. Mehr Frauen haben wir nun wirklich nicht", ermahnte mich die Wirtschafterin ernst. Als ich im Zimmer ankam, saß auf dem Bett ein kleiner Koreaner. Der war schweißnaß und hatte mich schon gar nicht erwartet. Mühsam erklärten wir dem Mann auf Englisch („now finish"), daß die Absteige schließen muß. Minutenlang dachte er darüber nach und fragte ernsthaft nach einem anderen Bordell. Wir setzten ihn im Eros-Center ab. Die Damen der Herbertstraße gingen endlich nach Hause. Zu weiteren Beschwerden kam es nicht.
Der plötzliche Tod ereilte viele. Einige kippten in einer Videokabine einfach tot beim Onanieren um. Sie fielen nur auf, weil sich die Tür nicht mehr öffnen ließ. Andere lagen mit einem Mal tot auf ihrer bezahlten Partnerin, die keine Luft mehr bekam. Bei einem Einsatz erzählte mir eine junge Dame, daß sei nun schon der zweite, „dem sie das

Licht ausgeblasen“ hatte. Solche Todesfälle sind peinlich, und alle Kollegen sind mit diesem Thema verständnisvoll umgegangen. Hinter diesen Todesfällen spielten sich familiäre Dramen ab. Das darf nicht vergessen werden.
Eine andere Sache waren die Fäkalfreier. Nach außen hin solide Bürger mit einem speziellen Hobby. Aber das waren auch unsere Kunden. Sie wurden wie jeder andere mit Respekt behandelt. Vielen Kollegen fiel es schwer, dort tätig zu werden. Die jungen Kolleginnen schüttelten nur den Kopf über die Männerwelt. So kam es auch vor, daß jüngere Beamte erstaunt zum Wachhabenden gingen und nachfragten:
„Der Mann da vorn erzählt mir irgendwas von Sekt und Kaviar, damit komme ich nicht zurecht, was will er überhaupt?“
Ohne auf die Feinheiten einzugehen, sagte der Wachhabende verständnisvoll:
„Paß mal auf mein Junge, Sekt ist der Urin, Kaviar der Kot. Alles andere liegt in der Phantasie der Beteiligten ...“
Lustig war es am Tresen, wenn eine Kollegin Rezeptionsdienst hatte. Die betrogenen Männer wollten nicht immer alles erzählen und blickten sich hilflos nach einem Mann um. Aber wir leben im Zeitalter der Gleichberechtigung. Den Beamten kann man sich nicht immer aussuchen. Außerdem waren diese Fälle an der Tagesordnung, also nichts Besonderes. Wir haben uns vor Lachen gebogen, wenn die Beamtin gut drauf war, die polizeiliche Untersuchung des Falles sofort einleitete, Fragen stellte, mit dem Kopf schüttelte und dann auch noch ein wenig Mitleid zeigte. Entsetzt waren die Herren immer, wenn nun noch eine Frau der Polizei mit in den Puff fuhr. Ausführlich ließ sich die Kollegin die Einzelheiten von Frau zu Frau erklären, warum und wieso es nicht ging.
Bedingt durch die berechtigte AIDS-Hysterie wurden diese Beschwerden deutlich weniger. In den siebziger und achtziger Jahren standen die Männer aller Nationalitäten noch Schlange, und ständig wurden die Bordellbetriebe von den Funkstreifenwagen angefahren. Das hat alles nachgelassen oder die Prostituierten regeln die Streitigkeiten anders.

Leichtes Schmunzeln

Ein Polizeibeamter kann bei manchen Dingen grinsen, herzhaft lachen oder ganz einfach nur mitleidig schmunzeln.
Viele Leute kamen in die Wache und wollten gern eine Auskunft oder eine einfache Beratung, in dem Sinne, „wie man was regelt".
Mein Kollege Ingo und ich standen am Tresen, als ein junger Mann in der Begleitung einer Asiatin in den Wachraum kam. Die Frau sah top aus und war eine richtige Augenweide. Sie hatte langes schwarzes Haar, große Augen und eine ansehnliche Figur.
Der Jüngling war verliebt in die junge Dame, wie er uns frei erklärte und hatte diese vor vierzehn Tagen auf St. Pauli kennengelernt. Die Liebe war so groß, daß er sie gleich mit nach Hause nahm. Allerdings hatte er nur noch einige Tage Urlaub und wollte eine Aufenthaltserlaubnis für die junge Frau beantragen. Er wollte wissen, wo denn die Ausländerpolizei sei und was er für den Behördengang alles mitnehmen müsse.
Wir fragten so ganz beiläufig nach dem Paß, den uns die Frau auch bereitwillig zeigte. Als alter Zivilfahnder war ich das Blättern in Pässen gewöhnt. Das junge Mädchen kam aus Surinam und hatte ein tolles Paßfoto auf der zweiten Seite vorzuweisen. Allerdings wurde ich etwas stutzig und zeigte Ingo mit dem Daumen kurz einen wichtigen Buchstaben in den Paßdaten.
Ingo grinste erst, dann drehte er sich um und fing an zu lachen. Entsetzt sah mich der Begleiter der gut aussehenden Frau an und wunderte sich. Er stellte sogar seinen Koffer auf den Boden und fragte:
„Was ist denn los?"
Ich zeigte ihm den wichtigen Buchstaben im Paß der Geliebten. Es war ein kleines „m".
Leider stand das nicht im Vornamen, sondern unter der Bezeichnung Geschlecht und war nicht unwichtig. International bedeutet das „male" oder auf deutsch ganz einfach „männlich".
„Das stimmt nicht, das muß ein Irrtum sein!"
„Nun, das kann ich ja leicht klären", antwortete ich ernst.

Für solche Nachfragen reichte mein Englisch immer noch. Meine Frage verstand die junge Frau sofort. Mit einem leichten Augenaufschlag sah sie zu ihrem neuen Freund hin und antwortete:
„Sorry, I am a man!"
Völlig aufgelöst und in Panik wollte der selbsternannte Betreuer die Wache fluchtartig verlassen. An der Tür sprach ich ihn noch kurz an und machte ihn darauf aufmerksam, daß er nicht der erste sei, der auf diese Tricks hereinfalle.
„Immerhin habe ich den Kerl vierzehn Tage in meiner Wohnung gehabt und nichts bemerkt, das ist doch schlimm genug", sagte er noch kurz und lief weg.
Der schöne junge Mann wurde von uns betreut. Er war Tourist, mittellos, wurde der Ausländerbehörde überstellt und mußte einige Tage später ausreisen.
Es blieb nicht aus, daß Ingo und ich noch ein bißchen mit unserer Phantasie beschäftigt waren, als wir diesen Fall erledigt hatten.

Hafenstraße

Ende der achtziger, Anfang der neunziger Jahre war die Hochzeit der Hafenstraße. Hier konnten sich die Chaoten nach Herzenslust austoben und nach ihren Straftaten in die Häuser flüchten. Damals habe ich die Handlungsweise der Polizeiführung und der Politik nicht verstanden. Die Streifenwagenbesatzungen waren ärgerlich, als sie vor den Objekten standen, ein Zugriff durchaus möglich war und vom Führungsbeamten der Polizei gebremst wurden. Heute kann ich einzelne Entscheidungen nachvollziehen. Die Gefährdung der eingesetzten Polizeibeamten mußte in jedem Fall berücksichtigt werden. Für spontane Einsätze standen nie genügend Kräfte zur Verfügung.
Wir waren ja auch nebenbei erfolgreich. Ohne viel Aufsehen. Ein schneller Zugriff ermöglichte zahlreiche Festnahmen, die von den Gerichten abgeurteilt werden konnten. Es war aber immer der

Eigeninitiative einzelner Kollegen zu verdanken, die sich in Gefahr brachten. Die Hausbewohner waren teilweise nachtragend. Einzelne Beamte hatten sich die Chaoten gemerkt. Der heutige Kriminalkommissar F. mußte zur eigenen Sicherheit die Dienststelle verlassen, weil ein paar Chaoten vor die Wache kamen und ihn mit einem Seil lynchen wollten.
In einer Silvesternacht wurde eine Besatzung der Nachtschicht zu einem fingierten Einsatz gerufen. Offensichtlich meldeten die Chaoten einen Raub in einer Gaststätte. Diese lag genau gegenüber der Zentrale der Bewohner. Die Funkzentrale der Polizei kann fingierte Einsätze nicht immer filtern. Wer trägt die Verantwortung, wenn der Aufnahmebeamte den Einsatz der Polizei verweigert und dann doch etwas passiert ist? Als die Polizeibeamten zum Fahrzeug zurückkamen, konnten sie nur noch im Laufschritt flüchten. Eine größere Personengruppe stürzte den Streifenwagen um und legte ihn auf die Seite. Zwei, drei Personen brachen die Tür gewaltsam auf. Es war ein leichtes Spiel, die Maschinenpistole aus der Seitenverkleidung zu entwenden und johlend von dannen zu ziehen. Der Rest der Meute fackelte den Polizeiwagen ab. Es hätte keine Rolle gespielt, ob die Beamten im Fahrzeug gesessen hätten. Die Wut auf den Staat war zu groß. Juristisch kann man in diesen Fällen durchaus einen Mordversuch annehmen, und das setzt schon eine gewaltige kriminelle Energie voraus.
Es wurden Ziegelsteine in die Scheiben der Funkwagen geworfen und oftmals die Reifen zerstochen. Die Lexan-Scheiben der Einsatzfahrzeuge waren schon beruhigend, aber man muß das mal mitgemacht haben, wenn der Stein an die Scheibe knallt. Den Kopf haben wir trotzdem eingezogen und nach der Schrecksekunde Vollgas gegeben.
Als ich vor den Häusern eine Ölspur abstreute, sprang plötzlich ein maskierter junger Mann aus dem Gebüsch und schrie:
„He Bulle, paß auf!“
Überrascht sah ich in die Richtung. Danach hörte ich nur einen lauten Knall. Der Mann war genauso schnell weg, wie er vorgesprungen war. Auf mich raste eine rote Leuchtkugel zu. Wäre es eine scharfe

Waffe gewesen, hätte ich vermutlich nur noch kurz den Knall gehört. Dann wäre es aus gewesen. Aber eine Leuchtkugel hat einen großen Vorteil. Sie kommt langsam an, schlingert aber in der Endphase ein wenig. Die Zeit langte, um den Kopf wegzuziehen. Trotzdem prallte der Magnesiumkern an meine Lederjacke und brannte sich fest. Die Ermittlungen verliefen im Sande. Ich konnte die Person noch nicht einmal beschreiben, so schnell ging das.

Mitte 1989, an einem Freitag im Spätdienst, um 14.30 Uhr, war es aber soweit. Ich besetzte mit Winfried, heute Oberrat, den Peter 15/1. An der Ampel zur Davidstraße sah ich einen Mann im Auto sitzen. Der Fahrer sah mich entsetzt an. Er und ich wußten sofort, daß ein Haftbefehl gegen ihn vorlag. Mit seinem Fahrzeug flüchtete der Fahrer direkt vor das Lokal der Bewohner; ich mit Blaulicht und Horn hinterher. Zu dieser Zeit konnte das nicht gutgehen, aber trotzdem stoppten wir erfolgreich den Pkw, zogen den Fahrer aus dem Fahrzeug und verhafteten ihn. Ganz einfach, wie es in Hamburg üblich ist, ohne daß die einschreitenden Beamten belästigt oder bedroht werden.

Plötzlich liefen schreiende Chaoten aus den Häusern. Die Anzahl war beträchtlich, zirka 25 bis 30 Personen, bewaffnet mit Steinen und Knüppeln. Unsere Festnahme ließen wir los. Der Mann war nicht mehr wichtig für uns. Es ging um unsere Sicherheit. Als die ersten Steine gezielt auf uns geworfen wurden, zog ich sofort meine Dienstwaffe, stellte mich hinter die Fahrertür und schoß sofort zweimal deutlich über die Köpfe der Randalierer. Es war gewaltig laut, und meinem Kollegen flogen die heißen Hülsen um die Ohren. Kurzfristig hielt die Meute an, aber die Verstärkung der Chaoten war schon unterwegs und griff erneut an. Als das erste Drahtseil mit einem Stein am Ende geschwungen wurde, Steine links und rechts niederprasselten, schoß ich erneut zweimal. Die Treffer suchte eine Spezialdienststelle später im Mauerwerk, fand diese Löcher aber nicht. Die Straße war plötzlich wie leergefegt. Für Sekunden war gespenstische Ruhe. Es war richtig unheimlich. Wir sprangen in unseren Funkstreifenwagen, gaben Vollgas und flüchteten zur Wache.

An der Dienststelle kam die Berichtsfertigung, Verständigung des Lagedienstes und Weitermeldung an die politische Führung.
Die Schlagzeilen waren beachtlich, und die seriöse Presse, aber auch die Polizeiführung standen hinter mir. Der Schußwaffengebrauch sei rechtmäßig gewesen, hieß es sofort in der Zeitung „Die Welt".
Eine andere Zeitung sah das anders. Hier hatte ich im Laufe der Jahre schon meinen eigenen Redakteur. Ich war namentlich bekannt. Mein Dienstgrad, Vor- und Familienname waren drei Wochen in jedem Artikel zu lesen. Es war von einer gezielten politischen Aktion die Rede. Wie sollte ich so etwas im Auftrage der Politik ausführen? Spezielle Aufträge zur Provokation hatte es nie gegeben. Die betreffende Zeitung warf mir alles vor, versuchte gefährliche Körperverletzung, gezielte Schüsse auf eine Menschenmenge und viele Dinge mehr.
Ein seriöser Anwohner wurde gegen mich als Zeuge aufgefahren. Der sollte die Vorwürfe bestätigen. Bei der richterlichen Vernehmung war ich als Beschuldigter dabei. Es war ein Taxifahrer, den ich seit mehreren Jahren kannte. Dem Richter erklärte er wahrheitsgemäß, daß er nur Knallzeuge gewesen sei. Er sei zu einer Aussage gegen den Beamten gedrängt worden. Die Vorwürfe bestätigte er nicht.
Bei einigen Redakteuren war ich ein unbeliebter Mensch und in der CD-Ausgabe zum 25jährigen Bestehen der Zeitung brauchte der Benutzer im Suchmodus nur meinen Namen einzutragen. Es erschienen alle, aus meiner Sicht nicht objektiven Berichte.
Wochen später hatte sich wieder alles beruhigt, aber der Revierführer machte sich berechtigte Gedanken über meine Sicherheit. Außerdem war er über den Schußwaffengebrauch von 1985 informiert. Von der Statistik her benutzt ein Polizeibeamter in seiner gesamten Dienstzeit zu 99,9 Prozent niemals seine Schußwaffe. Dieses Verhältnis wollen wir auch gern beibehalten. Kurzfristig wollte mich der Revierführer in die Funkzentrale setzen und somit verstecken. Heute muß ich ihm recht geben, es wäre sicher besser gewesen. Aber das wollte ich nicht und blieb ich auf eigenen Wunsch weiter im Funkstreifendienst.

Beschwerden

Beamte, die nichts oder wenig tun, fallen in diesem Bereich vermutlich nicht auf. Es gibt tatsächlich Kollegen, über die hat sich niemals jemand beschwert. Es sind Einzelfälle, aber sie kommen vor. Wer viel arbeitet, hat es mit diversen Charakteren zu tun, die sich bei Gott und der Welt beschweren müssen.
Ein Australier wollte sich mir gegenüber nicht ausweisen. Die Maßnahme war korrekt, und es erfolgte eine Überprüfung des Mannes an der Wache. Hier zeigte er uns seinen Paß. Nach der Überprüfung konnte der Tourist gehen. Wochen später lief über die Senatskanzlei eine Beschwerde ein. Dieser Tourist hatte sich doch tatsächlich bei der Deutschen Botschaft beschwert und forderte Maßnahmen gegen die Polizeibeamten. Es kam nichts dabei heraus, aber abgeheftet wurde die Beschwerde schon.
In der Davidstraße, in einem ganz ordinärem Puff, wurde von uns ein illegaler Ausländer festgenommen. Der Freund aus Sri Lanka wollte ihn befreien, und es kam zu einem heftigen Widerstand. Strafrechtlich ist das Ganze eine versuchte Gefangenenbefreiung. Der Srilanker schlug sich mit der Polizei, wurde ebenfalls vorläufig festgenommen

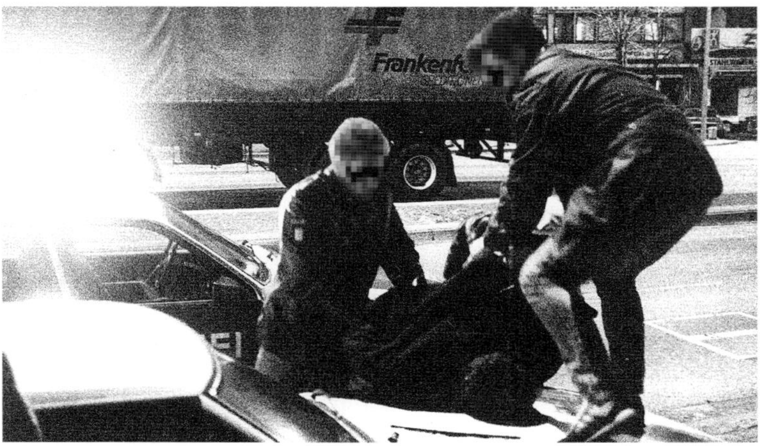

Heftiger Widerstand eines volltrunkenen Autofahrers. Foto: Thomas Metelmann

und später rechtskräftig zu einer Geldstrafe wegen Widerstandes gegen Vollstreckungsbeamte verurteilt. Er erlitt leider eine Platzwunde am Auge. Beim Erkennungsdienst ließ er sich mitleidig mit der Platzwunde fotografieren.
Es war unfaßbar, aber dieser Herr schrieb eine sehr schöne, ausgefeilte Dienstaufsichtsbeschwerde an den Bundeskanzler. Die ausländischen Mitbürger werden von der Polizei geschlagen und verfolgt, so war etwa der Tenor. Das Schreiben kam tatsächlich an und wurde über den Hamburger Senat an die Wache weitergeleitet. Eine Stellungnahme innerhalb von drei Tagen wurde erbeten. Ich weiß nicht, ob sich der Bundeskanzler tatsächlich mit dieser Sache befaßt hatte, denn so wichtig konnte der Fall eigentlich nicht sein. Aber den Vorwürfen wird nachgegangen. Die Verfahrensweise ist richtig.
Ein Bauunternehmer aus Kiel parkte im Halteverbot. Ein Routinefall, der Wagen wurde abgeschleppt. Leider sah der Fahrer das nicht ein. Am nächsten Tag fotografierte er die Stelle so, daß die Halteverbotszeichen nicht zu sehen waren. Das darf der Fahrer. In seinem eigenen Verfahren kann er lügen oder betrügen, so viel er will. Er ging aber noch ein bißchen weiter. Dieser Unternehmer zeigte mich tatsächlich wegen Verfolgung Unschuldiger an. Ein Beamtendelikt, und es wurde gegen mich strafrechtlich ermittelt. Der Staatsanwalt stellte das Verfahren gegen mich sofort ein. Allerdings schrieb ich auch eine Strafanzeige gegen den Bauunternehmer.
„Wir stellen alles ein, dann ist die Sache für beide Seiten erledigt", war der Kommentar eines Staatsanwaltes. Dagegen erhob ich Einspruch. Kurze Zeit später kam es vor dem Amtsgericht zu einer Verhandlung gegen den hartnäckigen Falschparker. Er wurde zu 4.000 Mark Geldstrafe verurteilt. Der war richtig frech vor dem Richter. Er wollte, daß der Beamte bestraft wird, gab er stolz an. Wofür, konnte er allerdings nicht erklären. Nach der Berufung am Landgericht wurde das Verfahren gegen eine Geldbuße schließlich eingestellt. Mit Anwaltskosten und Kosten des Verfahrens waren es fast 10.000 Mark, die der Unternehmer berappen mußte. Für ein verbotswidrig abgestelltes Fahrzeug nicht schlecht.

Fast jede Festnahme mit Widerstand hatte eine Strafanzeige wegen Körperverletzung im Amt und Freiheitsberaubung zur Folge. Es war schon unerträglich. Viele dieser Bürger wollten sich nur im eigenen Strafverfahren etwas besser stellen. „Ich habe auch was gemacht, aber die Polizeibeamten haben mich geschlagen", war immer die Begründung. Das mancher Festgenommene sich mit der Polizei geprügelt hat wie ein Preisboxer, wurde natürlich nicht erwähnt. Daß dabei einige Beamte dienstunfähig geschlagen wurden, war für den betreffenden Bürger nicht mehr interessant. Es fehlte offensichtlich die eigene Einsicht. An dieser Stelle erwähne ich mal den Satz eines erfahrenen Kollegen: „Wenn einer was macht, was er nicht darf, und er macht es weiter, wenn die Polizei kommt, kann es manchmal weh tun !"
Die Polizei kann und darf Zwang ausüben. Manche Festnahme ist schmerzhaft, wenn sich der Täter wehrt. Wen interessiert es, wenn ein Mörder, Vergewaltiger oder Räuber festgenommen und dabei verletzt wurde?
Bei einem Ladendieb mit einer Schadenshöhe von 50 Pfennig sieht das schon anders aus.
Konfliktbewältigung lernt der Polizeibeamte überwiegend in der Praxis. Seminare für diesen Bereich werden von der Polizeiführung angeboten und sind für die jungen Kollegen empfehlenswert. Mit einigen unserer Kunden kann man allerdings nicht reden oder verhandeln. Die wollen einfach den Streß mit der Polizei. Die begangene Straftat und das eigene Fehlverhalten interessiert die wirklich nicht. Hier nützt die beste Theorie nichts. Eine erlernte Formulierung für hektische und gewaltbereite Täter hat sich in meiner Praxis in den letzten Jahren aber bewährt. Einfache, verständliche Sätze:
„Passen sie mal auf. Ich mache ihnen persönlich keinen Vorwurf. In ihrer Situation würde ich vermutlich genauso handeln. Aber jetzt wollen wir mal sehen, wie wir dieses Problem regeln ..."
Der Wind ist sofort aus den Segeln. Die Täter werden sichtlich ruhiger. Die Denkweise ist einfach: „Aha, der hat Verständnis für mich ..."
Das Gebiet St. Pauli hatte für die Schutzleute einen großen Nachteil. Viele der Täter oder Opfer waren sinnlos betrunken. Von diesen

Personen kamen keine vernünftigen Antworten, und der Umgang mit ihnen war wirklich nicht leicht. Die vielen zehntausend Besucher der Reeperbahn taten den Rest. Bei jedem Einsatz mußten die unbeteiligten Zuschauer die dummen, flachen Sprüche klopfen. Man war ja wichtig, kam vom Dorf und war der Held in der Großstadt. Es ging an die Nerven der Polizeibeamten, und mancher Tourist fand sich in der Zelle wieder, weil er eine Amtshandlung erheblich störte. Das Polizeirecht kennen die Bürger nicht. Plötzlich ist die persönliche Freiheit erheblich eingeschränkt. Viele Rechtsanwälte sind bei der Materie ebenfalls hilflos.
Ich kann heute wirklich nicht sagen, wie viele Beschwerden und Anzeigen gegen mich geschrieben worden sind. Es ist auch unwichtig. Aus Angst vor einer Beschwerde oder Anzeige sollte kein Polizeibeamter auf eine recht- und verhältnismäßige Maßnahme verzichten. Ein dickes Fell ist hier besser. Mittlerweile habe ich immerhin 27 Dienstjahre, 24 davon auf der Straße, hinter mir. Eine konsequente, nach außen nachvollziehbare Linie bewährt sich immer.

Falsch verstandene Freiheit

Kurz nach der Wende, mit dem Übergang zu einer gemeinsamen Rechtsordnung, hatten viele ehemalige DDR-Bürger ein großes Problem.
Es war in Polizeikreisen und auch in Teilen der Öffentlichkeit kein Geheimnis, daß viele Fahrzeugführer betrunken durch St. Pauli fuhren. Zu dieser Zeit war jeder zweite Autofahrer aus dem Osten nachts auf der Reeperbahn ein Treffer hinsichtlich einer Trunkenheitsfahrt und Führerscheinbeschlagnahme.
Viele wußten nichts über die Promillegrenzen und relative Fahruntüchtigkeit.
Hatten wir einen betrunkenen Fahrzeugführer angehalten, verstand dieser die Welt nicht mehr und sprach ganz frech vom freien Westen. Mit null Promille hatte der Fahrer es in der DDR einfacher.

Alkoholkontrolle. Foto: Thomas Metelmann

Ein junger Autofahrer von einer DDR-Insel hatte es sich genauso gedacht. Er parkte mit seinem Trabant direkt vor der Ampel, stieg aus und holte sich einen Hamburger aus einem Imbiß.
Sein Freund schwang sich derzeit auf den Fahrersitz und ließ den Arm cool aus dem Fenster hängen. In diesem Moment erfolgte unsere Kontrolle.
Natürlich war dieser Herr auf dem Fahrersitz sternhagelvoll. Deshalb redete ich auch nicht weiter mit ihm und zog den Schlüssel ab. Ich machte ihm noch verständlich, daß der Fahrer sich in der Wache melden sollte. Der Wagen stand ja auch fast direkt vor dem Eingang.
Wenige Minuten später wurde die Tür aufgerissen und gegen die Wand geschlagen. Der Fahrer war da, und ich stand zufällig schon hinter dem Tresen. Sofort schlug er mit der Faust auf den Tresen und forderte lautstark seinen Autoschlüssel. Natürlich war auch er angetrunken. Leider haben wir ihn nicht fahren sehen. Das war sein großes Glück.
Wer einen Autoschlüssel haben will, darf nicht betrunken sein und muß so nebenbei auch noch die Papiere vorzeigen können. Fahrzeugpapiere und Führerschein sind den Polizeibeamten zur Prüfung auszuhändigen. Das weiß fast jedes ADAC-Mitglied.

Der junge Mann antwortete mir auf die Frage nach den Papieren gar nicht. Er ging einen Schritt zurück, holte seinen Führerschein heraus und hielt diesen aufgeklappt vor seine Brust.
„Kriegst du nicht, kannst ja von da ablesen“, war sein Kommentar.
Nun, wer sich nicht ausweist, bekommt keinen Schlüssel und kann eigentlich gehen. Der junge Fahrer wurde von mir aufgefordert, die Wache zu verlassen und sich in ein paar Stunden nüchtern wieder bei uns zu melden.
„Ihr seid ja schlimmer als die Vopos“, schrie er laut durch den Wachraum. Die Vorstellung war beendet.
Ich öffnete die Tür des Wachraumes und begleitete den unfreundlichen Herrn bis vor die Tür zum Gehweg. Dort standen seine beiden Freunde, die nach Hause wollten und sich aufregten.
Ich hatte schon die Haustür hinter mir geschlossen und war auf dem Weg in die Wache. Als ich die dritte Treppenstufe erreicht hatte, klappte laut die Tür. Eine Sekunde später wurde ich herumgerissen und erhielt sofort drei Faustschläge ins Gesicht. Einer traf meine Stirn, die anderen beiden Schläge gingen auf das linke Auge.
Es war der junge Autofahrer, den ich noch mit einem Auge erkennen konnte und schließlich von ihm an meiner Krawatte hinter die Tür gezogen wurde. An meinem Hals wurde es bedrohlich eng.
Keiner der Kollegen in der Wache hatte das bemerkt. Inzwischen kam es zwischen mir und dem Mann zu einem richtigen Boxkampf hinter der Eingangstür.
Nach einem kurzen, aber heftigen Schlagabtausch brach der Angreifer hinter der Tür zusammen. Eine Streifenwagenbesatzung, die gerade hereinkam, brachte mir den Herrn noch in die Zelle.
Ich selbst mußte zum Arzt und war drei Tage dienstunfähig. Das Auge war außen blau und das Weiße im Inneren war richtig dunkelrot. Mein Gegner hatte eine aufgeplatzte Lippe und ein bißchen Zahnfleischbluten. Er gehörte zu der harten Generation und lehnte ärztliche Hilfe ab. Es erfolgte natürlich eine Anzeige gegen den Mann. Nachdem er sich beruhigt hatte und ausgenüchtert war, wurde er in den Morgenstunden entlassen und konnte seine Heimreise antreten.

Monate später führte mich eine lange Fahrt auf die Insel dieses jungen Autofahrers.
Da der junge Kämpfer noch nicht einundzwanzig war, wurde vor dem zuständigen Jugendgericht verhandelt. Der Richter war einer von der harten Sorte und erklärte dem Beschuldigten kurz und präzise die Rechtslage. Der junge Mann entschuldigte sich bei mir persönlich während der Gerichtsverhandlung und wurde anschließend wegen Körperverletzung zu einer geringen Strafe verurteilt.
Allerdings lasse ich mich nicht ungestraft schlagen. Nach der rechtskräftigen Verurteilung forderte ich ihn auf, an mich ein Schmerzensgeld zu zahlen. Wir einigten uns auf einen Betrag von 400 Mark, zahlbar innerhalb einer Woche. Das Geld kam. Eigentlich ein bißchen wenig, aber Verletzungen, die höher dotiert werden, tun auch ganz schön weh.
Mit seiner Volkspolizei wäre der junge Mann sicher anders umgegangen. Mit Sicherheit war dieser Besuch in Hamburg auf St. Pauli aber ein richtiges Erlebnis für ihn.

Der Innendienst

Der Innendienst an der Davidwache ist so eine Welt für sich. Hier kamen die schrägen Vögel, um sich aufzuwärmen oder nur um zu dröhnen. Da war der Fremdenlegionär Kongo, der ehemalige Pferdepfleger der Polizei Hamburg und der Kellner, der auf schwul machte und es gar nicht war. Kegelvereine, Musikgruppen und Prominente gaben sich die Klinke in die Hand. Ständig standen oder lagen Personen im Wachraum. Ruhe gab es nur selten. Aber jeder dieser Mitmenschen hatte seine Lieblingsschicht, die er mit seinen Anliegen nervte. Es ist schon lustig, wenn eine Oma alle vier Wochen an den Tresen kommt und um eine Entstrahlung bittet. Der Wachhabende holte wortlos die Anhaltekelle, schaltete das rote Licht ein und Oma war zufrieden. Der Fremdenlegionär war sieben Jahre in der Legion. Er war ein

Alkoholiker und an seinem Schicksal zerbrochen. Ich kannte den Mann genau und habe in Nächten, wo er einigermaßen klar war, ausführlich mit ihm gesprochen. Alle seine Geschichten konnte ich nachvollziehen. Es bestand kein Zweifel, das alles zu glauben. So war er Stammgast und nervte manchmal ganz schön. Junge Kollegen bezeichneten ihn als Penner und empfanden ihn als störend im Wachbetrieb.
Der Mann war MG-Schütze in der Legion. „Weißt du eigentlich, wie viele Menschen der als Soldat töten mußte? Das muß man nicht verkraften", erklärte ich einem Kollegen, den der Legionär nervte.
Alle drei Monate bekam der Kongo-Mann seine Rente von der Legion. Er blieb uns als Besucher treu bis zu seinem Tod.
Bei Vollmond kam der biedere Angestellte in einem Frauenrock mit einem schwarzen BH in die Wache. Der lachte nur zweimal und ging. Was das sollte, wußten wir nicht. Der war etwas verrückt, das genügte uns zur Erklärung.
Totlachen konnten sich die Beamten über einen Finnen. Der kam regelmäßig mit einem Pappschild und demonstrierte allein im Wachraum. Er hatte seine Forderung formuliert: „Hier werden Obstbäume gepflanzt!" Es nahm ihn nur leider niemand ernst.
Auch ein Staatsanwalt war oft zu Gast. Das gab er jedenfalls vor. Der Mann kam in die Wache, zog sich wortlos seine schwarze Robe über und schilderte kurz einen Rechtsfall. Ohne Rücksicht auf den Dienst-

Viele wollten wirklich nichts. Foto: Thomas Metelmann

betrieb hielt er als Staatsanwalt das Plädoyer. Das war wirklich fachmännisch. Jeder seiner „Kollegen“ wäre neidisch geworden. Die Paragraphen führte er ebenfalls richtig an. Diese Vorstellungen waren beeindruckend. Viele Zuhörer fanden sich in der Beamtenschaft. Ohne weitere Kommentare packte er später seine Zettel zusammen und ging, ohne auf weitere Fragen einzugehen.
Ein Motorradfahrer und Lederfan war Stammgast. Er meldete sich telefonisch beim Wachhabenden an und fragte erst einmal, ob viele Kollegen in Leder da seien. Abwimmeln ließ er sich nicht und kam. Bei jeder Schicht blitzte er ab. Dieser Fan wollte in einer Zelle verprügelt werden; das ging nun wirklich nicht.
Alles lustige Dinge, die in unzähligen Varianten nebenherliefen. Akut waren immer die vielen Hilfeersuchen.
So stand ein junger Punker vor dem Tresen und sagte:
„Da hinten, im Rücken, kneift was, ich komme aber nicht heran!“
Als er sich langsam umdrehte, war ich doch erstaunt. Im Rücken steckte ein Messer, hineingeschoben bis zum Heft. Immerhin ist der Punker in seinen Lederstiefeln den gesamten Spielbudenplatz zur Wache marschiert. Nach seinen Angaben wurde er auch richtig angestarrt. Eine Szene wie im schlechten Film. Der Mann hat es überlebt, und der Täter wurde auch von uns ermittelt.
Nach einem Streit rettete sich ein Albaner vor seinen Verfolgern in die Wache. Der Albaner haßte uns. Er war ein fieser Zeitgenosse. Als er in die Wache hineinlief, hielt sich der Mann aber schon die Eingeweide im Bauchbereich fest. Aus mehreren Stichwunden schoß das Blut heraus. Bei jedem Huster etwas mehr. Hier war Hilfe dringend erforderlich, und ich habe den Mann persönlich versorgt, wie jeden anderen auch in dieser hilflosen Lage. Es ist ein beklemmendes Gefühl, wenn der Verletzte fragt, ob er sterben würde.
Meine Antwort war einfach:
„Mach das, was wir sagen, ruhig liegenbleiben, aber sterben kannst du schon!“
Der Notarzt flickte den Mann vor dem Tresen zusammen. Er kam lebend im Krankenhaus an. Der Albaner hat es überlebt und beging wei-

ter Straftaten, schlug sich mit der Polizei, und Dank hat er nie gezeigt. Zivilfahnder wurden auf einen leblosen Autofahrer in der Davidstraße aufmerksam und schleppten den Mann in die Wache. Mit viel Energie und Fachkenntnis wurde mit der Wiederbelebung vor dem Tresen angefangen. Als der Notarzt kam, war die Enttäuschung ziemlich groß. Der Mann war nach Auskunft des Arztes schon etwa eine halbe Stunde tot. Plötzlich hatten wir eine Leiche vor dem Tresen liegen. Die Rettungswagenbesatzung ist für den Leichentransport nicht zuständig, sofern die Leiche nicht in der Öffentlichkeit lag. Zwei Stunden lag der Mann in der Wache, bevor dieser durch ein Vertragsunternehmen abtransportiert wurde.
Unzählige Geschichten haben sich vor dem Tresen abgespielt. Die Jahre laufen, und das Gedächtnis wird ganz schön nachlässig. Zum Schluß ist es auch nichts Besonderes mehr. Es gehört einfach dazu.

Zweifelhafter Rekord

St. Pauli Besucher kommen nicht mit der Bahn. Viele wollen direkt vor das Lokal fahren. Die Feuerwehrzufahrten, andere Rettungswege und sogar komplette Straßenzüge wurden zugeparkt. Lebensgefährlich wird das, wenn die Feuerwehr nicht mehr um die Ecken kommt oder den Leiterwagen nicht einsetzen kann.
Eines Nachts waren genug Kollegen im Dienst. Robert und ich beschlossen, dagegen einzuschreiten. Schon am Tage zuvor haben wir den Abschleppunternehmer über diese Aktion unterrichtet. Ab 21.00 Uhr standen alle sechs Abschleppfahrzeuge der Firma für uns abfahrbereit zur Verfügung. Es ging los. Gegen 23.00 Uhr hatten wir dreißig Fahrzeuge abschleppen lassen. Ohne Pause ging es weiter bis drei Uhr morgens. Auf unserer Liste standen nun schon 67 Falschparker, die auf ganz St. Pauli verteilt wurden. Gegen fünf Uhr brachen wir die Aktion ab. 84 Fahrzeuge wurden von uns im Laufe der Nacht weggezogen. Es hat jedoch nichts gebracht. Teilweise hob ein Abschlepper

einen Pkw in die Höhe und der nächste Fahrzeugführer parkte darunter ein.
Dem ersten Autofahrer haben wir noch einen Hinweis gegeben, dem zweiten und dritten nicht mehr. Wer so hartnäckig ist, muß bestraft werden. Insider oder Polizeibeamte werden sagen, „die sind völlig verrückt". Es war aber nicht so schlimm. Die Berichtsfertigung wurde uns von einem Kollegen im Innendienst abgenommen. Das war sehr einfach. Wir legten die „Zahlkarte" hin, versehen mit einem Kürzel, und der versierte Hauptmeister fertigte die Berichte. Aufregend war es aber in der Wache. Die Anzahl der Leute war beträchtlich, die in die Wache kamen und sich aufregten. Jedes Fahrzeug, mit zwei oder vier Personen besetzt, ergibt schon eine beträchtliche Zahl der Besucher, die in der Wache vorstellig wurden.
Die Aktion wiederholten wir in den folgenden Tagen. Es waren Nächte mit 56, 43, 38 und 35 Abschleppvorgängen. Gebracht hat es nichts. Es war ein Kampf gegen die Windmühle. Die Folge davon war eine große Anzahl von Gerichtsterminen, einschließlich Verwaltungsgericht. Vielen Autofahrern mußte der Verkehrsrichter erst einmal erklären, wie richtig geparkt wird.

Maßnahmen mit politischer Wirkung

Als Wachhabender hatte ich in der Wache das Hausrecht, sofern der Revierführer nicht anwesend war. Die Verfahrensweise war einfach und auch rechtmäßig. Wer sich nicht benahm, den Wachbetrieb störte oder dort nichts zu suchen hatte, wurde des Hauses verwiesen. Im allgemeinen klappt so etwas problemlos. Neben einer Anzeige wegen Hausfriedensbruchs kam unter Umständen noch die Ingewahrsamnahme dazu. Der Störenfried saß in der Zelle und wurde entlassen, wenn er sich beruhigt hatte.

Nur, es wurden Unterschiede gemacht. Es ist entscheidend, wen man des Feldes verweist.
Mitte 1995 kamen gegen 23.00 Uhr zwei weibliche, schwarze Personen in die Wache und beschwerten sich über ein Lokalverbot am Spielbudenplatz. Eine Frau war richtig dunkel und sprach kein Deutsch. Die andere war eine hysterische Person, hellhäutig und von Anfang an frech. Hier sei dann auch die Frage erlaubt, ob ich als Polizeibeamter in der eigenen Wache alle Schimpfkanonaden über mich ergehen lassen muß? Eine Zeitung bezeichnete sie als Afrodeutsche. Der Freund dieser Afrodeutschen hatte Lokalverbot wegen einer Schlägerei am vorherigen Wochenende. Das kam auf St. Pauli vor, war durchaus üblich und traf eigentlich jeden einmal, der sich nicht benahm, egal, ob schwarz oder weiß. Die Afrodeutsche wollte nun mit der Polizei das Hausverbot im Lokal aufheben lassen, damit endlich gefeiert werden konnte.
Einzig richtige Auskunft, bestätigt durch die Rechtsabteilung, war: „Die Polizei kann in diesem Fall nichts für sie tun!“ Das sah die Afrodeutsche aber nicht ein.
„Rassenhaß, ihr seid Arschlöcher und Idioten“, ließ sie in der Wache vom Stapel.
Krampfhaft wurde von ihr versucht, eine Strafanzeige zu konstruieren. Was nicht strafbar ist, wird nicht angezeigt. Leider ist es so. Es erfolgte von mir ein Hausverbot. Dieses Verhalten muß sich kein Polizeibeamter gefallen lassen. In diesem Fall wäre es auch egal gewesen, wer diese Beleidigungen aussprach. Die beiden Damen wurden sauber hinauskomplimentiert, ohne sie anzufassen, zu schubsen oder irgendwie tätlich zu werden.
Im Innendienst trug ich das vorgesehene Namensschild am Uniformhemd. Drei Tage später mußte ich sofort zum Revierführer.
„Haben sie den Artikel in der Zeitung gelesen, wieder ihr Name“, sagte er.
Der Zettel flatterte von seinem Schreibtisch, und das gefiel mir gar nicht. Aber er hörte sich meine Version ruhig an, war schließlich objektiv und gab sich bei der Stellungnahme zur Sache äußerst viel Mühe. Alles in

meinem Sinne oder nur für seinen Beamten. Ich habe oft erlebt, daß er sich für seine Beamten voll einsetzte.

Die drei Senatsanfragen eines kritischen Polizeibeamten konnte er natürlich nicht verhindern. Immer wieder diese Stellungnahmen und dann noch eine und wieder zum Chef. Politisch hoch angesiedelt, und der Staatsrat war sicherlich, genauso wie der Bürgermeister, informiert. Aber es war trotzdem zu spüren, daß man mich umsetzen wollte. Einige ältere Kollegen hatten sich schon verändert und waren in andere Positionen gerutscht. Mein Chef fragte nach meiner Dienstzeit an der Wache.

„Achtzehn Jahre“, war meine Antwort.

„Ganz schön lange“, entgegnete er nachdenklich.

Ich gebe dem Herren heute recht; freiwillig will keiner die Dienststelle verlassen, weil jeder meint, er arbeitet am Nabel der Welt.

Nach kurzer Überlegung bin ich zu der Erkenntnis gekommen, daß mein Blickwinkel über lange Zeit auf etwa 900 Meter Reeperbahn eingeschränkt war. Es gab nichts anderes für mich, bunte Lichter, Prostituierte, Transvestiten, Rauschgiftsüchtige und eben der ganze Sumpf. Meine persönlichen Erfolge und den Spaß an der Polizeiarbeit will ich damit nicht in den Schatten stellen. Eine andere Dienststelle, verbunden mit einem neuen Tätigkeitsfeld, erweitert ungemein den eigenen Horizont. Aus eigener Erfahrung kann ich heute sagen, daß die Rotation der richtige Weg ist.

Kurze Zeit später ging ich in die Direktion und wollte mich über die Gesamtlage beschweren. Hier war ich noch nie, aber die Geschichte mit der Afrodeutschen gab mir den Rest. Das war einfach zuviel und ging mir direkt an die Nerven.

Der Vertreter des Direktionsführers sprach mit mir und zeigte für mich Verständnis. So wirkte es jedenfalls. Ich machte klar und deutlich, daß dieser neue Fall der Beschwerde nur so eng gesehen wurde, weil es sich um eine Farbige handelte. Jeder andere Bürger wäre kurz und bündig abgebügelt worden. Allein die Senatsanfragen gingen mir heftig auf die Nerven. Der Polizeidirektor begründete mir den geplanten, unmittelbar bevorstehenden Wechsel mit der Fürsorgepflicht.

Offensichtlich hatte er sich mit meinem Lebenslauf nicht befaßt. In meinem Fall traf diese Begründung nicht ganz zu. Zweimal Schußwaffengebrauch, zwei schwere Verletzungen im Dienst und jahrelang die Presse an den Hacken erforderten wirklich Maßnahmen, allerdings wesentlich früher.

Persönliches Resümee

Ich habe für mich den einzig richtigen Beruf gewählt. Der uniformierten Schutzpolizei bin ich bis heute treu geblieben und lege heute noch den Elan eines Fünfundzwanzigjährigen an den Tag. Viele Kollegen, die mich kennen, behaupten das jedenfalls.
Mit siebzehn habe ich angefangen, und im Alter von einundzwanzig trat ich auf St. Pauli meinen Dienst an. Die persönliche „Karriere" begann. Ich durchlief alle Dienstgrade des mittleren Dienstes und war 1995 Polizeihauptmeister und fast vierzig Jahre alt. Die Amtszulage hätte ich sicher auch noch bekommen, aber einen Aufstieg in den gehobenen Dienst verpaßte ich in jungen Jahren.
Die Zeit war schön, aufregend und interessant. Manchmal taten die Knochen weh, und ich habe viel einstecken müssen. An den Schlafstörungen des mergelnden Schichtdienstes leide ich immer noch.
Die vielen Kollegen, die mit mir die ganzen Jahre verbracht haben und mich jederzeit unterstützten, werde ich nicht vergessen. Einige sahen mich als Vorbild und wollten nachahmen. Andere sahen mich als agilen, erfahrenen Beamten, von dem man etwas lernen kann. Alles sollte sicher nicht von mir übernommen werden. Dafür sind die Unterschiede in der Einstellung zum Dienst und in der Persönlichkeit zu gravierend.
Viele Praktikantinnen und Praktikanten „durchliefen" meine Hände, und einige sind im gehobenen und höheren Dienst. Noch heute werde ich von den ehemaligen Kollegen einfach mal angerufen oder freundlich begrüßt, wenn man sich dienstlich begegnet.

1980 wurde mir das Polizeiverdienstabzeichen in Rot verliehen. „Für Mut und Tapferkeit im Dienst“ wurde auf der Urkunde vermerkt, und der Polizeipräsident hatte dies abgezeichnet. Für die vielen Erfolge in der Verbrechensbekämpfung bekam ich zahlreiche Anerkennungen für außergewöhnliche Leistungen.
Zwei Dienstunfälle verletzten mich schwer. Heute noch sind die Stichverletzung auf dem rechten Handrücken und die Folgen des Splitterbruches an der linken Hand deutlich zu sehen.
„Frontverletzungen, das kann mal passieren“, sagte ein Kollege zu mir. Die zahlreichen Stürze in den engen Treppenhäusern, den langen Fall in eine Baugrube und einen heftigen Verkehrsunfall mit einem Einsatzfahrzeug möchte ich hier nur beiläufig erwähnen.
In meiner Zeit auf St. Pauli habe ich zweimal meine Dienstwaffe benutzt. Eine Person habe ich fast tödlich getroffen, im nachhinein sicherlich das Leben verkürzt, und viermal habe ich auf Chaoten der Hafenstraße geschossen. Alles in Notwehr und rechtlich in Ordnung.
Die ganzen Erlebnisse gingen mir zu dieser Zeit auf die Nerven, und ich beschloß, meine Dienstzeit an der Davidwache zu beenden. Ich wäre dort nicht Wachhabender geworden oder hätte irgendeine Führungsposition erreicht. Das war nicht mehr möglich, oder auch nicht gewünscht.
Ich habe viel in meiner Dienstzeit geschrieben. Es waren Tausende von Strafanzeigen und viele andere Berichte. Ein Polizeibeamter ist auch ein Mensch, und diesen Frust meiner gesamten Dienstzeit habe ich in Form von Versen über die Polizei und Politik abgelassen. Ich schrieb über jedes Thema Verse und heftete diese einfach ab. Irgendwann suchte ich ein paar aus, ließ die Verse drucken und hatte mein erstes eigenes Werk.
Kritik, Lob und jeder Bereich bekam etwas ab, nicht immer negativ, und einige Verse fand ich gelungen. Wie sich später herausstellte, fanden auch 95 Prozent der Polizeibeamten meine Sprüche über Polizei, Politik und Vorgesetzte lustig. Die Männer und Frauen wußten, was ich meinte. Viele gaben mir offen recht. Die anderen fünf Prozent waren aber weitaus wichtiger. Diese Herrschaften hatten keinen Humor,

als sie die Verse lasen. Das war einfach zu hart. In einigen Punkten muß ich ihnen heute beipflichten.
Eigentlich habe ich das Buch mit den Versen nur an Bekannte und Freunde ausgeben wollen. Aber ein mir gut bekannter Redakteur einer großen, bekannten Boulevardzeitung wollte die Geschichte seines Lebens verfassen. Er holte zum großen Rundumschlag aus. Schließlich war ich ja bekannt und an einer weltberühmten Wache tätig. Hätte das ein Beamter in Eppendorf verfaßt, wäre der Mann belächelt worden. Aber am 30. November 1995 erschienen die Schlagzeilen in der Tagespresse. Alle veröffentlichten ungefragt meine Verse und steigerten ihre Auflagen. Die Nachrichtensendungen waren voll und die Kamerateams gaben sich bei mir im Hause die Klinke in die Hand. Es war schon ein beunruhigendes Gefühl, wenn sich Moderatoren von bekannten Fernsehmagazinen meldeten und mich für eine Live-Sendung haben wollten. Ich habe alle Angebote abgelehnt. Die Auflage meines Druckwerkes schnellte in die Höhe. Kein Wunder bei der günstigen Werbung. Heute zahlen Sammler für dieses einfache Werk gute Preise. Die Auflage ist inzwischen vergriffen. Solche Aktionen haben Folgen in der Innenbehörde. Alle waren sich in einem einig:
„Das darf der nicht, das hat es noch nie gegeben!“
Konnte die Führung nicht mit Kritik umgehen, oder waren die Sprüche wirklich zu hart? Der Redakteur hat sich Wochen nach den Pressemeldungen bei mir entschuldigt.
„War wohl etwas dick“, sagte er.
Der Briefträger kam in den ersten drei Wochen mit einem Eimer zu mir und gab die Post ab. Viele Kollegen standen mir bei, aber ich war auch für wenige der Geächtete. Schaden an der Polizei soll ich verursacht haben. Ich weiß zwar nicht womit, aber ich nahm das hin.
Der Direktionsführer mußte wohl reagieren. Das durfte der Beamte nicht, und es wurde die disziplinarische Schiene aufgefahren. Eine Suspendierung sollte durchgesetzt werden. Nun, ich war auch gut beraten. Von Anfang an wußte ich, daß ich so etwas machen durfte. Zu dieser Zeit war ich aber der einzige, der daran glaubte. Eine Suspendierung war aus rechtlichen Gründen nicht möglich und auch nicht mehr erforderlich.

In Ruhe trat ich eine Kur an. In der Zwischenzeit hatte ich mehrere Termine in der Direktion. Der Leitende Direktor war bei all dem Ärger immer höflich und sachlich zu mir. Ich hatte Respekt vor ihm und er auch vor mir. Für mich war klar, daß ich keine Strafe akzeptieren würde. Das hatte der Direktor wohl auch erkannt. Die Sache verzögerte sich. Meine Akte lag bei der Behördenleitung zur weiteren Bearbeitung. Der Behördengang dauert seine Zeit. Im nachhinein muß ich sagen, daß mich die Behörde objektiv behandelt hat.
Den Verantwortlichen wurde zur abschließenden Beurteilung dieses Falles folgendes mitgeteilt:
„Der Beamte Bortz war in der Zeit von Oktober 1977 bis November 1995 am Polizeirevier 15 eingesetzt.
Sieben Jahre verrichtete der Beamte Dienst als Zivilfahnder und wurde bei der ersten Beurteilung am 31.12.1978 mit „erheblich hervortritt" beurteilt.
Diese Beurteilung wurde am 31.12.1984 erneut bestätigt.
Die periodische Beurteilung am 31.12.1987 enthielt die Bewertung „weit überragt" (höchste Beurteilungsstufe).
Nach Umstellung der Beurteilungskriterien und Einführung eines Punktesystems erhielt der Beamte 58 Punkte in der Beurteilung vom 31.3.1994.
Am 29.7.1983 wurde Herr Bortz in das Beamtenverhältnis auf Lebenszeit berufen.
Für seine Tapferkeit im Dienst, unter Einsatz seines Lebens, wurde dem Beamten am 20. Juli 1980 das Polizeiverdienstabzeichen in Rot verliehen.
Wegen seiner guten Erfolge bei der Bekämpfung von Verbrechen und Vergehen und für andere außergewöhnliche Leistungen erhielt er zahlreiche besondere Anerkennungen, die hier nicht näher ausführlich beschrieben werden können.
In den Beurteilungen kommt immer wieder zum Ausdruck, daß der Beamte eine überdurchschnittliche ausgeprägte Einsatzbereitschaft zeigt und ein hohes Maß an Initiative entwickelt.
In schwierigen Situationen zeichnet er sich durch entschlossenes Handeln, Mut und Durchsetzungsvermögen aus.

Er gilt als heraushebende und gefestigte Persönlichkeit und wird von seinen Vorgesetzten und Mitarbeitern wegen seiner persönlichen und fachlichen Qualifikation anerkannt und geschätzt.
In der letzten Beurteilung wird bemerkt, daß Herr Bortz ein überaus erfahrener Beamter ist, der von seinen Kollegen aufgrund seiner Erfahrung als Vorbild gesehen wird. Die Dienstauffassung ist vorbildlich und stets korrekt. Gegenüber Vorgesetzten verhält er sich loyal.
Abschließend sei bemerkt, daß der Beamte in der Zeit von 1980 bis 1986 vier Dienstunfälle hatte. In drei Fällen wurden die Täter von dem Beamten verfolgt und auch gestellt. In einem Fall erlitt der Beamte selbst schwere Stichverletzungen bei einer Festnahme nach einem Tötungsdelikt.
In der Personalakte sind keine Strafen oder Disziplinarmaßnahmen vermerkt."
Diese Vermerke zu meiner Person haben andere über mich geschrieben. Ich selbst möchte dazu keinen Kommentar abgeben. Bei einer negativen Beurteilung hätte sich die Behördenleitung vermutlich nicht so viele Gedanken gemacht.
Der Auslöser für diesen Streß war ich schließlich selbst.
Es war bei dieser Sache wohl von großer Bedeutung, daß ich über Jahre meinen Kopf für alles mögliche hingehalten habe. Der Einsatzführer, damals in der Hafenstraße beim Schußwaffengebrauch dabei, konnte diesen Vermerk sicherlich bestätigen.
Bei der Gesprächsrunde in der Behörde für Inneres wurde zu meiner Person die Frage gestellt:
„Was ist denn das für einer, ist der verrückt, oder was soll das?"
Die Antwort war: „Na ja, wenn man richtig mit ihm umgeht, macht er schon das, was gefordert wird, und darauf ist hundertprozentig Verlaß. Immerhin hat er eine Menge mitgemacht und ist offensichtlich aus irgendeinem Grund frustriert."
Die Angelegenheit lief bis März 1996 weiter. Ich war inzwischen zu einer anderen Dienststelle versetzt worden. Gegen meinen Willen. Eine Dienststelle, an der ich keinen Tag Dienst verrichtet habe.

Urlaub und Kur waren aber zu Ende und das Verfahren immer noch nicht abgeschlossen.
Wo bringt man den Polizeibeamten neu unter?
Suche einen Chef, der den nimmt, war die Aufgabe. Das war spannend und für mich nervenaufreibend genug!

Neuer Anfang

Ich habe viele Stunden mit dem Direktionsführer gesprochen. Dabei hat er mich einsortiert, begutachtet und schließlich ein bißchen Verständnis für mich aufgebracht. Die letzte Besprechung sollte über meinen weiteren Weg entscheiden. Wohin der führen würde, wußte ich nicht, als ich in die Innenstadt fuhr. Zwei Herren waren dort; der Direktionsführer und sein Vertreter. Der Vertreter hatte Verbindungen zur Direktion Süd, und deshalb war Bergedorf oder Harburg die Richtung.
„Was möchten sie denn?“ wurde ich gefragt.
Nach dieser Frage kam sofort der Vorschlag für Bergedorf.
„Gehen sie da mal hin, da ist es schön ruhig. Das beruhigt ihre Nerven bestimmt. Streß haben sie genug gehabt“, war sein gut gemeinter Kommentar, der aber später überhaupt nicht zutraf.
Ich kannte nur die Innenstadt, und irgendwo mußte ich wieder heimisch werden. Die Zusage gab ich sofort.
Im März meldete ich mich im Geschäftszimmer der Wache. Ich wurde mit dem Chef verbunden. Den, mittlerweile Oberrat, kannte ich noch als Einsatzführer von der Davidwache. Trotzdem blieben wir beim förmlichen Sie. Das persönliche Gespräch verlief positiv. Mir wurde nichts vorgeworfen, und über meine Beurteilung, die schon vorlag, war selbst ich überrascht. Anläßlich des Dienststellenwechsels wurde ich neu beurteilt, damit der zukünftige Chef weiß, welchen Mitarbeiter er bekommt.
Überrascht war ich schon von meinem alten Chef. Der Direktor war zweimal mein Vorgesetzter. Wir kannten uns beide gut im dienst-

lichen Bereich. Trotz mancher Schwierigkeiten muß ich heute sagen, daß ich ein stiller Fan von ihm war. Bei einem spontanen Einsatz mußte ich ihn begleiten. Der Polizeidirektor schob seine Kräfte routiniert hin und her. Er hatte alles im Kopf. Der schrieb nichts mit. Als ich für ihn die Kräfte notieren wollte, sagte er nur kurz und bestimmt zu mir: „Laß das mal sein, entweder man kann führen oder man kann es nicht!"
Er hatte aber auch seine Launen, war manchmal schlecht drauf und ein bißchen unhöflich. Aber das war ich auch und kam damit gut zurecht. Ich rechne es dem Direktor heute noch hoch an, daß er meine dienstliche Beurteilung objektiv verfaßte, unterschrieb und abverfügte. Meine dienstlichen Leistungen hatte er offensichtlich anerkannt. Das war mir persönlich wichtig. Die Beurteilung sah ich als Aushängeschild meiner Person an. Einen kleinen Fehler hat der Chef meiner Ansicht nach aber gemacht. Er hat nie über dieses Thema, was ihn sicherlich berechtigt verärgerte, mit mir gesprochen. Ein Telefonanruf hätte genügt. Seine Meinung hätte er mir direkt sagen können. Ich bin jeder Kritik aufgeschlossen.

Die neue Schicht

Die A-Schicht mußte mich nehmen. Das hatte der Chef beschlossen und eines Abends saß ich mit dem Dienstgruppenleiter Gerd und Michael (Vertreter) im Zimmer der Einsatzführer. Ich berichtete über meine Dienstzeit und ließ auch die Erfolge nicht im Dunkeln. Wörtlich sagte ich zu Gerd:
„Ich bin kein Amateur, und Bergedorf, was ist das schon, ich habe ganz andere Dinge hinter mir!" Mit dieser Einschätzung lag ich jedoch völlig falsch. Ich hatte mich gründlich geirrt. Wir einigten uns darauf, daß mich ein fester Kollege auf meinen Wunsch hin einarbeiten sollte. Der Unglückliche, oder auch nicht, war Paul. Das war und ist ein alter Bergedorfer Hase und ortskundig. Zu dieser Zeit hätte man mich

am Deich absetzen können. Den Weg zurück zur Wache hätte ich nicht wiedergefunden. Nur ein Praktikant war ich sicherlich nicht. Es genügte mir, wenn Paul mich zum Einsatzort fahren würde. Die Einsätze konnten wohl mit denen in der Innenstadt verglichen werden. Nur die Entfernungen waren wesentlich größer. Die langen Anfahrten gingen mir in der ersten Zeit richtig auf die Nerven. Mehrmals fragte ich Paul: „Wo ist das überhaupt, ist es weit?" Lachend war es immer die gleiche Antwort: „Ja, sehr weit ..., wir müssen ein bißchen Gas geben!" Auf St. Pauli war ich in 90 Sekunden an allen Ecken des Reviers. Hier lief es anders. Der erste Unfall auf der Autobahn war für mich ein Erlebnis. Glatteis, ein Rutscher auf der Anfahrt und nachher zehn Fahrzeuge am Unfall beteiligt. Auf der Fahrt dorthin bemerkte ich, daß ich das erste Mal dienstlich auf der Autobahn wäre.
„Wieso das denn!" sagte Paul entsetzt und sah zu mir herüber. Meine Antwort war kurz: „Wo denn, auf der Reeperbahn ...?"
Das Chaos kam! Überall Blech und eine Eisbahn auf der Norderelbbrücke. Hier habe ich den Überblick total verloren. Paul sortierte ruhig. Einfach war das. Auto eins fuhr gegen Auto zwei. Auto drei gegen die Leitplanke und gegen Auto vier und er erzählte seine Geschichte ausführlich weiter. Verstanden habe ich das nicht sofort, aber es waren drei A-Unfälle, also ohne verletzte Personen. Eine wirklich einfache Bearbeitung. Ein Polizeibeamter aus dem Revier St. Pauli haßte Verkehrsunfälle, aber mittlerweile hat sich das geändert.
Bei den ersten Nachtdiensten tobte der Bär, und ich wurde mit Blaulicht schwindelig gefahren. 30, 40, 45 und sogar über fünfzig Einsätze pro Schicht mit allem, was die Materie hergab. Ich bekam richtig ein schlechtes Gewissen. Ich hatte den Eindruck, daß ich in der Direktion Mitte jahrelang meinen Urlaub verlebt hatte.
Brutale Einsätze gab es viele und verbunden mit dem gigantischen Einsatzaufkommen im Gegensatz zur Innenstadt war das kleine Revier St. Pauli gegen Bergedorf ein wahrer Kindergarten.
Bei manchen Einsätzen hätte der Sprecher von Michel 1 (Innenstadt) drei oder vier Fahrzeuge eingesetzt. Hier fuhr fast immer nur ein Wagen die Einsätze im ersten Angriff. Die Unterstützung von anderen

Polizeikräften war in Bergedorf nicht der Hit. Wo sollten die auch herkommen? Die Wege über die Deiche sind nachts für Fremdkräfte nicht zu finden, und das nächste Revier liegt in Billstedt. Das war in Mitte anders. Bei einer Blaulichtfahrt mußten die Fahrer der Einsatzfahrzeuge aufpassen, daß sie nicht gegenseitig auf den großen Kreuzungen zusammenfuhren. Aber mit der Zeit gewöhnte ich mich an diese aufregenden Zustände. Die Schicht war in Ordnung und nahm mich gut auf. Den einen mochte ich mehr, den anderen weniger. Das war nun mal so.

Der Michael war agil und ritt immer an erster Stelle vorweg. Das gefiel mir, der hatte meine Linie. Wenn der Wachraumdienst über Funk fragte, wer neu kann, rissen er und später ich den Funkhörer aus der Halterung. Ab ging es mit Blaulicht und Horn. Wir beide hatten immer nur ein Ziel. Als erstes Fahrzeug ankommen, den Einsatz abarbeiten und den nächsten sofort wieder annehmen. Die Berichtsfertigung wurde immer wieder verschoben. Man könnte ja etwas verpassen.

Die Chance, hier mit einem Funkeinsatzwagen zu verunglücken, war um einiges gestiegen. Die Geschwindigkeiten waren sehr hoch. Mit 180 Stundenkilometer auf der A 1 oder auf der A 25, mit Horn und Blaulicht, dagegen wirkte die lange, breite Ost-West-Straße mit 60 bis 80 km/h für mich wie ein Wanderweg. Aber Michael und auch viele andere waren versierte Fahrer. Die fuhren bei jeden Wetter. Denen war es egal, ob Schnee, Regen oder Glatteis herrschte; schließlich mußte die Polizei ja zum Einsatzort. Wer sollte es denn sonst sein? Eine besondere Einsatzfahrt mit Michael muß hier erwähnt werden.

Wir besetzten im Sonntag-Tagesdienst, es war Winter, den Peter 43/1 und fuhren mit Sonderrechten die B 5 hoch ins 42er Revier. Eine langgezogene Kurve nahm er sehr flott und sicher. Meinen Hinweis auf Glatteis tat er mit einem Blick zur Uhr ab:

„16 Uhr, Kaffeezeit, das ist nicht glatt!"

Anschließend wurde ich von der Beschleunigung wieder in den Sitz gedrückt. Wir kamen natürlich heil an. Fahren konnte er wirklich! Über diesen Spruch lachen wir heute noch.

In der A-Schicht wurde hart gearbeitet, professionell und flott. Die betrunkenen Autofahrer wurden reihenweise aus dem Verkehr gezogen. In dieser kurzen Zeit habe ich noch nie so viele Einbrecher und Räuber auf dem Funkstreifenwagen festgenommen wie hier in Bergedorf. Erfolge, die ich so nicht kannte.
Die Kollegen wußten natürlich, daß ich immer noch mit der Direktion im Streit lag. Manche Sprüche mußte ich mir anhören, aber die waren nur ironisch.
Eines Tages war ich überrascht, als mein alter Kampfgefährte Karl in die Wache kam. „Ich möchte hier auch anfangen, habe Probleme mit dem Chef." Das soll vorkommen, und der Bergedorfer Revierleiter nahm auch ihn für die A-Schicht.
„Zwei Sozialfälle aus der Innenstadt, die nun durchgeschleppt werden mußten", hörten wir immer wieder. Aber darüber konnten wir nur lachen. Unsere Arbeit war gut, und wir brachten eine Menge Hektik in die Schicht. Es war oft unruhig, und durchgeatmet wurde immer, wenn wir nicht im Dienst waren. Hier in Bergedorf gab es alles, und manchmal war selbst der Wachhabende überrascht. Wir zeigten einige Delikte an, die den Kollegen nicht bekannt waren. Das erweitert auf beiden Seiten den Horizont ungemein und war wohl auch Sinn und Zweck einer Rotation. Ausgebrochene Kühe und galoppierende Pferde auf dem Hauptdeich kannten wir nun wieder nicht. Bei diesen Einsätzen wurden wir mitleidig belächelt.

Der Tod fährt mit

Seit über zwanzig Jahren war ich nun auf den Hamburger Straßen unterwegs. Nie habe ich es erleben müssen, daß dabei ein Kollege im Einsatz zu Tode kam. Am 16. August 1996 war es soweit. Um 11.30 Uhr setzte mich meine Frau zum Spätdienst an der Wache ab. Ich komme in Bergedorf immer in Uniform zum Dienst, in voller Ausrüstung

und bin sofort einsatzbereit. Einen Schrank in der Wache habe ich bis heute nicht. Lange wollte ich eigentlich nicht bleiben.
Als meine Frau noch wendete, fuhr ich bereits mit Blaulicht an ihr vorbei und vor unserem Haus hörte sie schon die Meldung im NDR: „Hier eine Sondermeldung: Soeben ist in Bergedorf an der B 5 ein Polizeibeamter erschossen worden ..." Vielen Ehefrauen ging es ähnlich, und in dieser Situation bekamen viele Angehörige plötzlich Angst. Entsetzt griffen sie zum Telefon. Unendliche Sekunden am Hörer, bis klar gesagt wurde „... nein, ihr Mann, Freund oder Bruder ist es nicht." Viele Kollegen kamen nach der Meldung spontan zur Wache und wollten helfen, was nicht mehr möglich war.
Was war geschehen?
Als ich die Wache betrat, wurde plötzlich ein erschossener Polizeibeamter in seinem Streifenwagen an der Billwerder Straße gemeldet. Entsetzt sahen sich die Kollegen an und glaubten das nicht. Sekunden später war ich mit als einer der ersten Beamten vor Ort. Der Hauptmeister hatte allein ein Fahrzeug angehalten und wurde hinterrücks heimtückisch von dem Täter erschossen. Der Kollege saß auf dem Beifahrersitz und hing mit dem Kopf über dem Automatikhebel. Es war für mich ein grausiges Bild, als wir den Kollegen aus dem Fahrzeug zogen. Deutlich war eine Schußwunde am Kopf zu sehen. Auf der Fahrerseite war in der Windschutzscheibe ein kleines gesplittertes Loch. Eine Kollegin hatte sich bei diesem Anblick nicht mehr unter Kontrolle und lief mir weinend in die Arme.
Keine Kollegin oder Kollege darf behaupten, daß ein solcher Ausfall nicht passieren kann. Niemand weiß, wie er oder sie selbst in solchen Situationen reagiert. Wir sind alle nur Menschen, aber man muß tätig werden, so schwer es auch fällt. Den Einsatzführer der Schicht lösten wir vor Ort ab. Er sollte sich um die Täterfahndung kümmern. Ein Zeuge zeigte den Fluchtweg des Mörders. Hier an Ort und Stelle waren keine weiteren Kräfte mehr erforderlich. Drei Kollegen und ich halfen dem Notarzt, der mit dem Hubschrauber einflog. Zwei spannten eine Wolldecke auf. Ich selbst stand hinter der Wolldecke und half dem Notarzt. Hektisch riß ich Spritzen aus der Verpackung und hielt

Schläuche fest. 30 lange Minuten bangten wir um das Leben des Kollegen. Kurze Zeit später wurde er mit dem Rettungswagen abtransportiert. Einen Tag später wurde er für tot erklärt. Der Täter wurde nach einem Schuß ins Bein festgenommen. Er wurde zu lebenslanger Haft verurteilt. Viele äußerten spontan: „Den hätte man erschießen müssen!" Aber es war gut so, daß andere Polizeikräfte den Täter festnahmen. Diese Beamten behielten auch im Streß die Übersicht. Nur so war es möglich, das Motiv für diese gemeine Tat aufzuklären. Die Festnahme war für die Einsatzkräfte der Polizei gefährlich genug. Mit diesem Mann haben wir kein Mitleid. Er zerstörte eine Familie und muß sein Leben lang eingesperrt bleiben. Es ging nur um einen falschen Führerschein, das war alles. Unfaßbar!
Bei diesem Einsatz sah ich auch die Polizeiführung und den Staatsrat wieder. Die Herren waren entsetzt und persönlich betroffen. Ihnen konnte nur die Situation deutlich gemacht werden. Das hohe Risiko eines Polizeibeamten war ihnen bewußt.
Als alle Beteiligten anschließend nach dem Einsatz deprimiert im Aufenthaltsraum saßen, lernte ich zum ersten Mal nach meiner Umsetzung den Direktionsführer persönlich kennen. Der Leitende Direktor hielt eine kleine Ansprache an die Kollegen. Er war tief betroffen und schaute in die leeren Augen der teilweise weinenden Kollegen. Harte Männer saßen da, und bei einigen liefen immer noch die Tränen über das Gesicht. Bei zwei Beamten sogar hemmungslos. Der Direktionsführer fand besondere Worte in einer Tonlage, die man selbst gehört haben muß. Diese freie Rede vergesse ich nie wieder. Das kam richtig aus dem Herzen. Kraft seines Amtes entschied der Direktionsführer sofort, daß kein Kollege, der nicht will oder kann, in den nächsten Tagen zum Dienst erscheinen muß. Ersatzkräfte wurden problemlos aus den anderen Schichten gefunden.
Nach Dienstende setzten sich einige Kollegen auf eine Rasenfläche. Sie sprachen über das tragische Ereignis. Eine Besprechung, die sie für erforderlich hielten. Einige Bierdosen sollen dort im Kreise gestanden haben. Ein Polizeiführer einer anderen Dienststelle regte sich darüber tierisch auf. Er beschwerte sich auf dem Dienstwege beim

zuständigen Chef. Die Beschwerde wurde erledigt. Kein Kollege hörte etwas davon.
Mittlerweile steht am Unglücksort ein Gedenkstein für den Kollegen. Bis heute ist der mit Blumen und zur Nachtzeit mit leuchtenden Grabkerzen versehen. Viele Streifenwagen fahren nachts daran vorbei, halten kurz an und versinken in Gedanken. Die Bevölkerung nahm großen Anteil. Viele ließen klar und ehrlich erkennen, was die Polizeibeamten für sie auf der Straße bedeuten.
Einen Tag später, im Nachtdienst fuhr ich mit Bernd in das Baugebiet Allermöhe. Hier randalierte ein Jugoslawe mit einem Messer. Er wurde von uns in einem Container gestellt. Der Mann war irre und fuchtelte mit einem großen Messer herum. Als er in der dunklen Ecke stand und den Arm erhob, vermutete ich einen Angriff oder gezielten Wurf.
Sofort zog ich meine Dienstwaffe. Ich schoß dem Angreifer zweimal vor die Füße. Bernd erschrak, als es laut knallte. Beeindruckend waren die beiden kurzen Feuerstöße, die im Dunkeln deutlich sichtbar waren. Aufgeregt hat mich diese Maßnahme nicht. Nur der Containerboden wurde durchlöchert. Der Jugoslawe gab auf und konnte festgenommen werden. Verletzt wurde er nicht. Für mich war das eine gerechtfertigte Polizeimaßnahme, mehr nicht. Die Strafanzeige gegen den Jugoslawen war kurz und bündig. Ein Toter in Bergedorf genügt, und selbst ein Beamter im Lagedienst meinte:
„Vorsichtig ist die Mutter der Porzellankiste!"
Den Berufsanfängern sei gesagt, daß mindestens zehn Meter Abstand erforderlich sind, um einen Messerangriff erfolgreich abzuwehren. Der gutgemeinte Satz: „Bleiben Sie stehen!" kann schon zu viel sein. Große Vorsicht ist in diesen Situationen angebracht. Denkbar wäre auch ein sicherer Rückzug, um die Lage neu zu beurteilen.
Das war nun der dritte Schußwaffengebrauch in meiner Dienstzeit. Der Revierführer machte sich mehr Gedanken als ich. Das fand ich positiv. Am Freitag den Mord an dem Kollegen und im Nachtdienst der Schußwaffengebrauch gegen einen Jugoslawen. Aufregend war das sicher für den Beamten, war seine Meinung. Er fragte den Wachhaben-

den, wie es mir gehen würde. Die Auskunft war klar und knapp: „Ja, wissen sie, der hat den Bericht geschrieben und ist weiter auf dem Streifenwagen gefahren. Frei haben wollte er nicht!"
Mit dem Chef führte ich trotzdem ein ausführliches Gespräch. Das war auch gut so. Er war nämlich bis heute der einzige in den ganzen Jahren, der mich persönlich nach einer solchen Situation ansprach und mir helfen wollte.

Die Schlange

Es gibt viele verrückte Bürger. Die Gefühle des Aufnahmebeamten in der Funkzentrale waren auch gemischt, als er diesen Anruf entgegennahm. Er wollte nicht glauben, was dort gemeldet wurde.
Der Anrufer will eine Schlange in seiner Wohnung gesehen haben. Die sei einfach aus der Wand gefallen. Mit leichten Zweifeln fuhren wir in die Wohnung. Der Bürger machte durchaus einen normalen Eindruck. Er schilderte glaubhaft, daß eine große, schwarze Schlange unter dem Fußboden hin und her kroch. Er sah wohl unsere erstaunten Gesichter. Den Beweis dafür trat er sofort an. Ein Polaroidfoto hatte er angefertigt, als die Schlage in der Schiebetür zischte und den Kopf herausstreckte. Es stimmte also.
Sekunden später kroch die Schlange wieder heraus und sah uns an. Es gibt viele Schlangen. Giftige und ungiftige. Wir konnten das Tier nicht einsortieren. Aber ein Spezialist wohnte in der Nähe. Er wurde von uns zu später Stunde geweckt und kam. Leider war das Tier unter dem Fußboden, der auf Nut und Feder verlegt war. Jeder Hausbesitzer weiß, daß der Schaden beträchtlich wird, wenn die Bretter hochgerissen werden. Der Spezialist wollte am nächsten Tag einen Köder auslegen. Leider hatte die Ehefrau kein Verständnis für seinen Vorschlag. Wer schläft nachts ruhig, wenn eine Schlage in der Wohnung umherkriecht? Die letzte Möglichkeit konnte ich nutzen. Mit einem Kleiderbügel stocherte ich nach der Schlange. Die zischte richtig wütend.

Siehe da, sie kroch heraus. Der Fachmann erfaßte das Tier am Schwanz. Die Schlange wurde immer länger. Einen Meter fünfzig war das Vieh lang. Es war eine ungiftige, amerikanische Kornnatter. Die Bewohner gingen beruhigt schlafen. Ein Schlangenbesitzer vermißte zwei Tage später das Tier. Die Schlange war ausgebrochen und hatte sich über den Dachboden von der Haus-Nr. 10 zur Haus-Nr. 12 abgesetzt. So einfach bekam die Familie einen Untermieter.

Gefährliche Deiche

Michael und ich fuhren im Spätdienst auf dem Peter 43/1. Gegen Abend erhielten wir einen Einsatz zum Hauptdeich. Der Funksprecher teilte noch mit:
„Verkehrsunfall, Sonderrechte zugelassen, die Feuerwehr ist mit allem aus, was sie hat!"
Es war eine endlose Fahrt. Nach zehn langen Minuten kamen wir am Deich an. Es bot sich ein Bild des Grauens. Ein vollständig zerrissener Pkw stand mitten auf der Fahrbahn. Der Unfallgegner war den Deich hinaufgefahren und stand auf halber Höhe. Er war nur leicht verletzt. Der Fahrer im Wrack war eingeklemmt, aber ansprechbar. Innerhalb weniger Minuten änderte sich das Bild. Er konnte dem Notarzt nicht mehr antworten. Die Feuerwehr arbeitete und wir versuchten, die Identität des Fahrers zu ermitteln. Im Landgebiet ist so etwas sehr leicht. Die mit eingesetzte freiwillige Feuerwehr konnte uns sofort helfen. Hier kennt man sich gegenseitig. Kurze Zeit später teilte uns ein Feuerwehrmann den Namen mit.
Uns blieb der Weg zu den Angehörigen nicht erspart. Die Ehefrau bestätigte uns die Personalien und beschrieb das Auto. Das Kennzeichen wußte sie auch. Sie war fassungslos. Ihr Mann hatte sein Auto gewaschen und wollte diesen nur kurz trockenfahren. Vor seinem Haus hatte er auf dem Hauptdeich gewendet. Der Unfallgegner hatte keine Chance. Mittig fuhr er in den Pkw.

„Ich muß mich wohl beeilen?“ fragte uns die Frau. Michael antworte ernst: „Ja, das würde ich empfehlen, es sieht nicht gut aus.“ Er sollte recht behalten. Ein paar Stunden später starb der Fahrer im Krankenhaus.
Schwere Verkehrsunfälle sind im Landgebiet nicht unbedingt an der Tagesordnung, aber sie kommen vor. Nachts kracht es besonders heftig. In der kurzen Zeit habe ich in Bergedorf sehr viele tödliche Ausgänge von Verkehrsunfällen miterlebt. Die Fahrt zu den Angehörigen ist besonders belastend. Es ist ein beklemmendes Gefühl, wenn ein kleines Kind freudig an die Tür kommt und die Polizei begrüßt. Sekunden später bricht die Mutter in der Wohnung zusammen. Wer diese Aufträge nicht ausführen mag oder kann, soll einen anderen Kollegen bitten. Persönliche, langjährige Erfahrung ist hier erforderlich. Auch durch Zuhören ist eine Menge zu lernen. Der erste eigene Versuch fällt unter Umständen leichter.

Perfekte Zusammenarbeit

Polizeibeamte müssen für ihre eigene Sicherung sorgen. Dafür ist manchmal ein perfektes Zusammenspiel erforderlich. Vermeintliche Routine oder eine Sekunde Unachtsamkeit können dramatische Folgen nach sich ziehen.
An einem Sonntagtagesdienst fuhr ich mit Michael auf dem Peter 43/1. Um 6.45 Uhr bekamen wir den Einsatz:
„Reinbeker Redder, Bushaltestelle, wurde geschossen, drei Personen; Achtung: Eigensicherung beachten!“
Der Funksprecher ist bei gefährlichen Einsätzen dazu verpflichtet, diesen Hinweis über Funk an die Kollegen weiterzugeben. Im Laufe der letzten zehn Jahre habe ich wohl tausendmal diesen Hinweis gehört. Das Blaulicht und Horn liefen schon seit zwei Minuten. Der Funksprecher hatte den Anrufer noch in der Leitung. Weitere Hinweise waren aber nicht erforderlich. Es waren dort nur die drei Personen anwesend,

die in der Haltestelle auf einer Bank saßen. Mit quietschenden Reifen hielt Michael punktgenau mit unserem Einsatzfahrzeug vor der Gruppe an. Die Fahrt war wieder sehr zügig. Aus den Radkästen stiegen Qualmwolken der Bremsanlage. Auf der Fahrt dorthin hatte ich schon meinen Schlagstock bereitgelegt. Mit diesem Gerät in der rechten Hand stieg ich auch aus.
Die drei Personen waren Polen. Alle drei wurden von mir aufgefordert, sich nicht zu bewegen. Ich sprach die Männer an, Michael stand seitlich hinter mir. Er hatte die Hand an der Pistole. Mit seinen Augen verfolgte er jede Bewegung der drei Männer.
Langsam fing ich mit der Durchsuchung an. Kurze Zeit später rief ich Michael zu:
„Die haben nichts!"
„Das gibt es nicht, such noch mal", war seine kurze Aufforderung an mich. Also die Durchsuchung wiederholen. Dazu kam ich aber nicht mehr. Als ich auf die Gruppe zuging, schrie Michael plötzlich:
„Achtung, Pistole, mittlere Person!"
Diese Warnung war kurz, aber für mich ausführlich genug. In den Augenwinkeln sah ich noch eine große Pistole in der Hand des Mannes. Der zog die von hinten einfach aus dem Gürtel heraus. Weiter kam der Mann mit seinem Vorhaben nicht.
Der junge Pole lag plötzlich mit einer ca. zehn Zentimeter langen Platzwunde am Kopf auf dem Gehweg. Das Blut spritzte im Takt seines Herzschlages aus der klaffenden Wunde. Den Einsatz meines Schlagstockes hatte er nur noch schmerzhaft gespürt. Gesehen hatte er meinen Schlag nicht mehr.
Die drei Personen standen in einer Bushaltestelle. In der schönen Morgensonne konnte mein Kollege in den Scheiben ein klares Spiegelbild der Personen erkennen. Der Mann zog vom Rücken aus die Pistole. Sie klemmte angelegt an dem Körper hinter dem Gürtel. Bei der Durchsuchung hatte ich die Waffe offensichtlich übersehen. Fehler können jedem passieren.
Die Pistole flog in hohem Bogen auf den Rasen. Die anderen beiden Männer verhielten sich ruhig und sahen entsetzt auf ihren Freund, der

blutend am Boden lag. Der verletzte Täter wurde von mir versorgt. Mit einem Taschentuch stopfte ich ihm die Wunde zu. Danach kam er wieder zu sich. Die Rettungswagenbesatzung übernahm die weitere Versorgung. Es sah aber schlimmer aus, als es war. Nach der ambulanten Behandlung im Krankenhaus wurde der Pole wieder zu uns auf die Wache entlassen.
Der Täter war Tourist in Deutschland und geriet in Panik, als sich die Polizei doch so viel Mühe gab, die Waffe zu finden. Bei seiner Vernehmung gab er an, daß er auf die Beamten schießen wollte. Es war eine große Gaswaffe. Schüsse aus nächster Distanz können aber auch tödlich sein. Diese Waffen sind nicht ungefährlich. Ein Polizeibeamter kann innerhalb von Sekunden nicht erkennen, ob es sich um eine scharfe Waffe handelt oder nicht. Jeder Mitbürger, der eine solche erlaubte Waffe trägt, geht bei einem Polizeieinsatz ein hohes Risiko für sich selbst ein, wenn er diese Waffe zieht.
Nach einer Sicherheitsleistung für das Strafverfahren in Höhe von 400 Mark konnte der Pole ausreisen. Ein Verfahren gab es nicht.
Michael hat mich in dieser Situation gesichert. Auch nach meiner ersten Meldung über das negative Ergebnis der Durchsuchung verließ er nicht seinen optimalen Standort. Durch seine genaue Beobachtung konnte er mich rechtzeitig warnen. Die Abwehr des Angriffs war eigentlich Routine. Der Einsatz des Schlagstocks war das mildeste Mittel, obwohl es sehr schmerzhaft war. Ein Schußwaffengebrauch meinerseits wäre denkbar und rechtmäßig gewesen. Eine Bedrohung mit einer Pistole ist immer eine eindeutige Notwehrsituation.
Wir waren uns auf der Rückfahrt zur Wache einig, daß dieser Einsatz von uns profimäßig erledigt wurde.
Als der Pole die Wache verließ, entschuldigte er sich kleinlaut bei uns.

Die Leiche

Im Spätdienst wurde vor einem größeren Wohnhaus eine tote Person gemeldet. Mit Michael fuhr ich dorthin.
Einfach so, vor dem Hauseingang lag eine weibliche Leiche. Die Frau wohnte im Erdgeschoß und hatte zwei Männer zu Besuch. Äußerlich waren von uns keine Verletzungen festzustellen. Die Beine und Arme waren leicht verdreht. Die offenen Augen der Frau blickten in den Himmel.
Der Fall war klar. Die Männer hatten irgend etwas mit dem Tod zu tun. Vielleicht war es ein Streit. Offensichtlich waren alle vom Alkohol abhängig. Eine andere Möglichkeit gab es für uns nicht. Zugeben wollte keiner der Männer etwas. Die Angaben über den Abend waren widersprüchlich. Unser Verdacht wurde erhärtet. Also wurden die beiden Verdächtigen zur Wache gebracht. Es war in dieser Situation die einzig richtige Entscheidung. Aber es kam anders. Die Kripobeamten ermittelten tatsächlich, daß die Frau krank war, ihren Besuch wortlos verließ und in die oberen Etagen des Hauses ging. Dort sprang

Sprung vom Hochhaus, mit Todesfolge. Foto Christoph Leimig sie von der Brüstung. Sie fiel direkt vor ihre Wohnungstür. Die Sprunghöhe und der Landeplatz der Person konnten klar errechnet werden. Die Umstände des Todes wurden wirklich schnell aufgeklärt. Die beiden Verdächtigen verließen erleichtert die Wache. Sie waren froh, daß sich der Verdacht gegen sie nicht bestätigte.

40jähriger Geburtstag

In diesem Lebensalter kann sich ein Polizeihauptmeister für den gehobenen Dienst bewerben. Ich wollte weg von der Straße und als Wachhabender weiterarbeiten. Schichtführer zu werden, war schon seit Jahren mein Ziel. Der Streit mit der Direktion war aber nicht erledigt. Bei einer Bewerbung wurde ich irrtümlich zugelassen und konnte bei der Auswahlkommission üben. Alle anderen Bewerbungen von mir wurden mit der Begründung eines laufenden Verfahrens abgelehnt. Trotzdem schrieb ich immer weiter Bewerbungen. Die Behörde bemühte sich, den Streit endlich zu beenden.
Es wurde abschließend festgestellt, daß mit der Veröffentlichung meines Buches kein Dienstvergehen vorlag. Der Staatsrat schrieb mir daraufhin einen persönlichen und freundlichen Brief. Im Interesse der Öffentlichkeit und auch der Polizei wurde ich gebeten, neue Verse dieser Art nicht mehr zu veröffentlichen oder neu zu verfassen. Das habe ich nachträglich eingesehen. Diesen Wunsch habe ich ihm erfüllt. Ich hatte nie ein Interesse, mich mit der politischen Führung auf diese Art und Weise anzulegen. Ich nehme es keinem der Beteiligten übel, daß sich einige berechtigt verärgert zeigten.
Inzwischen wurde ich noch dreimal für eine Auswahl zugelassen. Bei der letzten Auswahl verzichtete der Kommissionsvorsitzende auf meine persönliche Vorstellung. Die hatte man sich dreimal angehört. Die Auswahl verlief erfolgreich. Ich hatte mich überzeugend dargestellt. Die Stelle eines Polizeikommissars war meine. Allerdings nicht in Bergedorf. In meiner Hektik hatte ich mich auch für eine Wache tief

im Süden beworben. Ich wußte nicht einmal, wo die Dienststelle lag. Aber das war mir zu dieser Zeit egal. Der Donner soll dort eingeschlagen haben, als klar war, wer erfolgreich die Auswahl bestanden hatte. Lesen können die Kollegen dort auch.
Mittlerweile war der Revierführer von Bergedorf zu einer Planungsgruppe umgesetzt worden. Der neue Chef übernahm das Polizeirevier in Bergedorf. Er verabschiedete mich freundlich im Juli 1997 und wünschte mir viel Erfolg.
„Es wird aber sicher nicht einfach", sagte er noch, als ich sein Büro verließ. Was sollte mir eigentlich passieren? An der Davidwache habe ich immerhin von 1985 bis Ende 1995 die Wachhabenden vertreten. Bei den Kollegen hatte ich keine Schwierigkeiten. Aber dort war ich ein „Fossil" und gehörte fast zur Einrichtung. Ich konnte mich auch selbst beurteilen. Ich kam zu dem Schluß, daß es nicht immer einfach mit mir ist. Der Kommissionsvorsitzende beurteilte mich in einem der Auswahlgespräche als entscheidungsfreudig, sicher und manchmal kompromißlos mit einem leichten Hang zur Unhöflichkeit. Meine konsequente Linie habe ich über 25 Jahre durchgezogen. Damit bin ich nicht schlecht gefahren. Am 15. Juli 1997 trat ich meine neue Funktion als Wachhabender an.
Natürlich waren die Kollegen dort über mich informiert. Ich habe einen großen Bekannten- und Freundeskreis innerhalb der Polizei. Es kann vorkommen, daß ich darüber Kenntnis erhalte, wer sich wann und wo über mich erkundigte. Das ist aber alles legitim und sprach für reges Interesse der Kollegen.
Im Geschäftszimmer wurde ich vorgestellt. Die Vertreterin der Revierführung sagte nur kurz guten Morgen und bemerkte:
„Herr Bortz ist mir bekannt!"
Sie duzte viele der Kollegen und blieb bei mir beim förmlichen Sie. Damit konnte ich leben. Ich stellte fest, daß ich weder vom Revierführer noch von den anderen Kollegen ungerecht behandelt wurde. Meine fachliche Leistung wurde anerkannt. Die Revierführung erkannte allerdings auch, daß bei mir vieles anders lief. Es kam zu massiven Problemen mit den Kollegen. Mittlerweile war ich zum Polizeikommissar ernannt

worden. Auf eine Probezeit wurde aufgrund meiner langen Dienstzeit verzichtet. Ich hatte eigentlich nichts zu verlieren. Meine konsequente Linie zog ich durch. Nach vier Monaten gab ich entnervt auf.
Es ist nicht mein Stil, nachträglich schmutzige Wäsche zu waschen und sich gegenseitig zu beschuldigen. Beide Seiten waren sich nicht grün. Diese kurzen Monate habe ich für mich abgeschlossen und heute vergessen. Allerdings meldete ich mich beim Direktionsführer. Irgendwo mußte ich ja hin. Das war ein großes Problem.
„Ich muß sie ja auch erst einmal wieder verkaufen“, sagte er lachend. Mit ihm sprach ich stundenlang und habe diesen Beamten des höheren Dienstes als aufmerksamen Zuhörer kennengelernt. Er zeigte viel Verständnis für seine Mitarbeiter. Im übrigen hatte er mich 1996 als Problemfall der Direktion Mitte übernommen. Dafür bin ich heute noch schlichtweg dankbar. Der Direktionsführer machte mir auch einiges verständlich. Eine sehr gute Beurteilung, viele Erfahrungen und Erfolge im Polizeidienst sind nicht alles. Zur Führung von Mitarbeitern gehört etwas mehr.
Außerdem bemerkte er, daß ich das Führungsgeschäft ja nicht richtig erlernt hatte. Ich war jahrelang auf mich allein angewiesen, war sein Kommentar dazu. So fand ich meinen persönlichen Stil, der ohne weitere Kritik so hingenommen wurde. Sekunden sahen wir uns an. Fast gleichzeitig bemerkten wir, daß bei wenigen Polizeiführern eine gute Ausbildung auch nichts bringt. Keiner qualifizierte mich ab. Ich bestehe auch heute noch darauf, irgendwann wieder als Wachhabender eingesetzt zu werden.
Das Verständnis der Direktionsführung war groß. Ich konnte einen Wunsch äußern. Jede Polizeidienststelle in der Direktion hätte nämlich für mich in Frage kommen können.
Solche Angebote muß ein Beamter ausnutzen. Ich wollte wieder zurück nach Bergedorf.
„Wir sprechen mit dem Chef“, sagte der Direktionsführer.
Ich hatte gerade Urlaub und meldete mich selbst beim Revierführer an. Natürlich weiß ich, daß der Telefonhörer in die Hand genommen wurde, als ich ging. Mein Anliegen wurde mit Sicherheit schon übermittelt.

Zwei Stunden saß ich beim Revierführer in Bergedorf. Ich versuchte, etwas für mich persönlich zu tun. Der Chef hatte Verständnis. Er kam zu dem Schluß, daß meine persönliche Art dort nicht ankommen konnte. Ich gab ihm recht. Er verabschiedete mich mit den Worten: „Ich werde mir das mal überlegen!"
Meine Antwort war kurz: „Überlegen geht nicht, ab morgen habe ich keinen Urlaub mehr und bis heute noch keine Dienststelle!"
Es klappte, und ich wurde der C-Schicht zugeteilt.
Die Kollegen der C-Schicht brachten Verständnis auf und informierten sich bei mir ausführlich, um auch meine Version anläßlich des Wechsels anzuhören. Gerüchte innerhalb der Direktion gab es genug. Die C-Schicht war in der Besetzung für mich etwas angenehmer als die A-Schicht. Diese Dienstgruppe hatte viele agile junge Kollegen, die mit mir stundenlang durch die Nacht fuhren.

Endlich wieder auf Funk

Nach sechs Monaten konnte ich endlich wieder auf die Straße. Es war eintönig, sich mit dem Innendienst zu befassen. Es ging gleich richtig los. An einem Freitag-Nachtdienst besetzte ich mit Martin den 43/2. Martin ist der lustigste Beamte in der Schicht. Er hat immer einen flotten Spruch drauf, und eigentlich muß jeder darüber lachen. Der Dienst ist manchmal auch nervig, und ein richtiger Spruch baut einen dann wieder auf. Das Wetter war diesig, und langsam setzte auch Nieselregen ein. Als wir den Streifenwagen aufrüsteten, sagte er:
„Na, alter Mann, laß mich mal lieber fahren. Deine Augen lassen schon ein bißchen nach. Lieber auf Sicherheit gehen!" flachste Martin.
Beim Einstiegen lachte er sich halbtot. Der unsachliche Kommentar trifft natürlich nicht zu. Aber auf den engen Deichen fahre ich eben lieber mit Fernlicht um die Kurven. Als Beifahrer bat ich Martin öfter, mal richtig Licht anzumachen. Vielleicht ist sein Spruch damit zu erklären.

Ein Feuer, eine Schlägerei und ein Verkehrsunfall mit Feuerwehreinsatz. Martin fuhr sicher. Mir blieb nur die Abwicklung des Funkverkehrs und ab und zu den Einsatz weiterer Polizeikräfte. Das liegt mir mehr. Aber am Deich setzte sich mein Fingerspitzengefühl doch durch. Ein Fahrzeug, ein alter Golf, fuhr kurz hin und her. Es war morgens um zwei Uhr. „Fahr da sofort hin, der ist voll", sagte ich zu Martin. Der Streifenwagen wurde kurz und hart gewendet. Wieder einmal blieb für ein paar Mark Gummi auf der Fahrbahn. Sekunden später standen wir mit Blaulicht vor dem Golf. Der Fahrer sah uns entsetzt an, als ich zum Wagen lief. Es ging alles sehr schnell. Zur Sicherheit meldete Martin die Überprüfung bei der Einsatzzentrale an. Er gab kurz das Kennzeichen durch. Diese Meldung ist unbedingt erforderlich. Passiert den Beamten etwas, sind erste Ermittlungsansätze da, um eventuell den Täter zu ermitteln. Man weiß nie, wer in so einem Auto sitzt.
Als er später neben mir stand, hatte der Autofahrer schon die Hände auf dem Dach.
„Der Wagen ist geklaut, Fahrer betrunken", sagte ich nur kurz.
Martin legte eine Handfessel an. Er brachte unsere Festnahme zum Funkstreifenwagen. Der Festgenommene denunzierte bei ihm plötzlich einen anderen Autofahrer, der gerade zum Hauptdeich hin abbog.
„Das ist mein Freund, wir sind mit zwei geklauten Autos hier", war sein Kommentar. Mein junger Kollege witterte den großen Riß, und ich konnte gerade noch in den rollenden Streifenwagen springen. Nur mit Mühe bekam ich noch die Tür zu, weil es gerade um die Ecke ging. Die Beschleunigung unseres Ford Scorpio war beachtlich. Eigentlich ist es der Rennwagen aus unserem Fuhrpark. Die Verfolgung war aber trotzdem erfolglos. Irgendwo, in einem Feldweg, machte der Flüchtige das Licht aus und verschwand.
„Man muß auch verlieren können", war meine Meinung. Martin war sichtlich enttäuscht.
„Stell dir das mal vor, zwei Festnahmen zugleich nach KFZ-Diebstahl ...", sinnierte er noch bis zur Wache. Der Autodieb, der entgeistert über die Aktion bei uns im Auto saß, blieb uns treu. Wir beide nahmen ihn nochmals fest, auch wegen Diebstahls eines Pkw.

Das scharfe Schwert

Zwei Nächte später war ich wieder mit Martin unterwegs. Diesmal war klares Wetter. Er war einverstanden, daß ich fuhr. Kurz nachdem wir vom Hof gefahren waren, bekamen wir einen dringenden Einsatz im Landgebiet.
„Peter 43/2, Ochsenwerder Deich, Mann mit Schwert im Garten, Sonderrechte zugelassen ..."
„Dann wollen wir mal!" sagte ich kurz.
Martin schaltete das Blaulicht ein und bediente im Stadtgebiet noch den Schalter für das Horn. Ich hielt das Lenkrad fest in beiden Händen und gab Vollgas. Im Landgebiet sprach uns der Sprecher der Einsatzzentrale wieder an:
„Legen Sie mal etwas mehr zu, der Mann schlägt mit dem Schwert gegen die Haustür, die Frau ruft jetzt um Hilfe."
Gas geben war gut, mehr ging wirklich nicht. Das Bodenblech war schon lange erreicht. Aber mein Kollege drückte grinsend den Sensorschalter für die Sportstufe und anschließend den grünen Knopf am Automatikhebel.
„So", sagte Martin, „jetzt schaltet das Getriebe nur bis zum 3. Gang, ein bißchen mehr Power ist doch nicht schlecht."
Weiter ging es, und die Maschine dröhnte laut.
Martin war schon seit geraumer Zeit nicht mehr in der Lage, die Hausnummern abzulesen. Die Straßenschilder hatte er in Bergedorf das letzte Mal gesehen. Krampfhaft hielt er sich auf dem Beifahrersitz mit einer Hand fest. In der anderen Hand hatte er den Funkhörer am Ohr.
Nach neun unendlichen Minuten fuhren wir mit qualmenden Reifen und glühenden Bremsscheiben vor. In der Einfahrt stand ein Golf. Die Türen waren auf, und die Musik lief. Als ich vor dem Jägerzaun stand, staunte ich nicht schlecht. Ganz langsam kam mir ein junger Mann entgegen. Der hatte tatsächlich ein Schwert in der Hand. Es war schweinekalt, und er hatte nur ein dünnes Hemd an. Ich stand ihm im Pullover gegenüber.

„Paß auf, das Ding ist sauscharf!“ schrie der Mann zu mir. Das glaubte ich gern. Außerdem war das Gerät ca. 1,50 m lang und blitzte in der Vollmondnacht. Nun, der Zaun war noch dazwischen. Angst hatte ich nicht. Irgendeiner muß ja anfangen und den Herrn nach seinem Anliegen fragen. Ich zog meine Dienstpistole. Langsam ging ich näher. Gleichzeitig leuchtete ich den Mann mit meiner Mag-Lite an. Sehen konnte er mich nicht mehr richtig. Ich begann ein Gespräch. Zuerst fragte ich nach seinem Namen und nach dem Grund seines Verhaltens. Scheidung, Pleite und keine Kinder mehr, das waren seine kurzen Worte. Als ich im Gespräch auf die Kinder kam, fing der Mann plötzlich an zu weinen. Mittlerweile waren rund zehn Minuten vergangen. Den habe ich ohne Pause vollgequatscht, bei acht Grad minus im Pullover, bis zum geht nicht mehr. Er legte schließlich das Schwert entnervt auf den Boden. Langsam kam er freiwillig zu uns. Wir brachten den Herrn in eine Fachklinik. Der Grund für seinen nächtlichen Besuch war nachvollziehbar. Der neue Freund seiner Frau war vor einigen Tagen in das Haus unseres Klienten eingezogen. Ein vernichtendes Ereignis für einen Mann. Er selbst hatte nur ein kleines Zimmer zur Untermiete. Das war zuviel für ihn.
Vierzehn Tage später fuhr dieser Mann mit seinem Auto vor uns. Stark in Schlangenlinien und wieder in Richtung seiner Ex-Frau. Wir nahmen ihm den Führerschein ab. Man sieht sich immer zweimal, ist ein altes Sprichwort der Polizei. Seitdem gab es keinen Streit mehr zur nächtlichen Stunde.

Der Überflieger

Einige Fahrzeugführer fallen auf. In einer ruhigen Montagnacht wollte der Peter 43/3 einen alten Opel Kadett anhalten. Der Fahrer dieses Fahrzeugs flüchtete. Sein Fahrzeug wurde durch ganz Bergdorf verfolgt. Als die erste Meldung kam, war ich mit Dieter gerade an der Tankstelle. Er hatte Hunger. Dieter stand in der langen Schlage vor der

Kasse. Ich saß auf dem Fahrersitz und ließ das Blaulicht laufen. In solchen Situation werde ich leicht ärgerlich, weil wertvolle Sekunden verschleudert werden. Aber wer konnte das ahnen?
Als Dieter ins Fahrzeug sprang, war die Verfolgung in vollem Gange. Die laufenden Standortmeldungen waren aber präzise. Mein Beifahrer konnte durch seine Ortskunde die verlorene Zeit wieder ausgleichen. Wir standen günstig und warteten nur noch auf den Flüchtenden und die Verfolger. Im Röpraredder hatte die Fahrt ein jähes Ende. Der flüchtige Pkw raste auf den Gehweg und prallte gegen eine Gartenmauer. Peter 43/3 bremste direkt daneben. Die Kollegen sprangen sofort aus ihrem Fahrzeug.
Eigentlich wollte ich dicht hinter dem Opel auf dem Gehweg anhalten. Dazu kam ich aber nicht mehr. Der Fahrer verließ fluchtartig sein geklautes Auto. Sekundenbruchteile später lief er mir direkt vor unseren Streifenwagen. Es gab nur zwei Möglichkeiten. Den Dieb gegen die Gartenmauer zu drücken und damit sicher erheblich zu verletzen oder auszuweichen. Ausweichen war die automatische Reaktion. Nach einem heftigen Bremsmanöver prallten wir mit unserem Wagen gegen einen Baum. Anschließend rutschten wir bis hin zu den Scheibenwischern in die Büsche.
Während dieser paar Meter knallte es dreimal laut. Der Autodieb rollte über die Motorhaube, blieb kurz an den Blaulichtern hängen und prallte auf den Kofferraumdeckel. Das hörte sich alles gewaltig an. So schlimm war es nicht. Der Stunt des Autodiebs war aber wirklich filmreif. Unser Mann lief weiter. Dieter konnte den Streifenwagen nicht verlassen, weil er die Tür in den Büschen nicht öffnen konnte. Also verfolgte ich den Mann zu Fuß. Die Verfolgung war allerdings an einem zwei Meter hohen Stacheldrahtzaun für mich zu Ende. Der Dieb stieg hinüber, ich nicht, weil ich oben nicht ankam.
Dieter hatte sich schnell befreit. Er war mit unserem Streifenwagen schon auf der anderen Seite. Lachend fuhr er langsam neben dem Flüchtigen auf dem Rasen her. Wie Dieter später berichtete, ganz gemütlich. Die Situation war wirklich kurios. Der Dieb konnte nicht weg, weil er an einer Hauswand entlang lief. Mein Kollege fuhr mit heruntergelas-

sener Scheibe im Streifenwagen ruhig daneben. Zwei Minuten später gab der Flüchtige auf, stellte sich an die Wand und sagte:
„Na gut, ich kann nicht mehr ..." Weiterreden konnte er nicht, weil er sich an Ort und Stelle mit einem lauten Würgegeräusch übergab. Die Festnahme war Routine.
In dem geklauten Auto saßen noch drei andere Insassen. Zwei Einsatzfahrzeuge waren tätig. Alle vier Personen wurden festgenommen. Der Täter hatte nur ein paar Schrammen. Der Sachschaden am Polizeifahrzeug betrug etwa 4.000 Mark.

Tragischer Verkehrsunfall

Als ich sonntags zum Tagesdienst kam, waren alle vier Streifenwagen nicht in der Parkbucht. Das sprach für eine bewegte Nacht. Als der nächste Kollege meiner Schicht kam, mußten wir Michael auf der B 5 ablösen. Gegen fünf Uhr hatte sich ein Golf um einen Laternenpfahl gewickelt. Das war ein richtiger Knall gewesen. Der Laternenpfahl war bis in die Mitte des Fahrzeugs eingedrungen. Der junge Mann saß eingeklemmt hinter dem Steuer und schrie.
„Wie lange geht das schon so?" fragte ich Michael. Die Antwort war kurz: „Eine Stunde klemmt er, die Feuerwehr braucht noch mal mindestens 30 Minuten zum Aufschneiden."
Es war kalt und naß. Manchmal schrie der junge Mann, wenn die Feuerwehrmänner die große Schere ansetzten. Das Dach war schon vollständig abgeschnitten, und nun war die Fahrertür dran. Eine gewaltige hydraulische Kraft sitzt hinter dieser Schere. In diesen Situationen ist der Polizeibeamte hilflos und vor Ort auch überflüssig. Die Rettungskräfte arbeiten routiniert und werden von den Polizeibeamten nicht angesprochen. Da die Absperrung stand, war nur Warten angesagt.
Immer wieder hörten wir ein Schreien des Verletzten. Unendlich kam mir das vor. Entsetzt war ich, als der Vater an der Unfallstelle auftauchte. Eigentlich sollten die Eltern nicht benachrichtigt werden,

da die Bergungsarbeiten noch nicht abgeschlossen waren. Deshalb legte der Kollege in der Wache auch gleich auf, als er irrtümlich die Nummer anrief. Aber im ISDN-Zeitalter konnte der Vater sehen, wer ihn anrief. Alles andere ergab sich durch einen Rückruf an der Wache. Es war dem Vater nicht zu verdenken, daß er sofort zur Unfallstelle kam. Aus sicherer Entfernung ließen wir ihn auch zusehen. Er wollte es so. Die große Freude über die erfolgreiche Rettung seines Sohnes wurde zwei Tage später getrübt. Keine schweren inneren Verletzungen, aber eine plötzliche Hirnblutung führten schnell zum Tod. Für mich besonders schlimm. Es war der Sohn eines Sportkameraden. Wochen später unterhielt ich mich mit dem Vater über den Tod seines Sohnes. Die menschliche Seite, die Betreuung an der Unfallstelle seitens der Polizei, hat ihn tief beeindruckt.

Polizeiunfall

Die Einteilung der Besatzungen hatte Knut wieder gut hinbekommen. Birgit und Reiner auf dem 43/2, Otto und ich auf dem 43/1. Wir waren schon die halbe Nacht im Einsatz, als uns der Funksprecher den Einsatz für einen Einbruchsalarm gab. Viele dieser Auslösungen sind Fehlalarme. Leider wissen wir das vorher nicht. Wir vermuten immer einen Ernstfall. Otto und ich kamen als erstes Fahrzeug an. Der 43/2 nicht. Noch im Aussteigen hörten wir die Meldung:
„Achtung Michel, Eigenunfall 43/2, Mittlerer Landweg!"
Bei diesem Meldungen wird jeder Kollege unruhig. War die Besatzung des verunglückten Einsatzfahrzeuges verletzt oder nicht? Darum konnte wir uns nicht kümmern. Wir überprüften das Objekt. Nach der negativen Überprüfung sahen wir uns das Dilemma an. Birgit steuerte die Streifenwagen trotz ihrer 24 Jahre sicher. Selbst ich saß immer ruhig daneben. Eine Zehntelsekunde reicht. In einer Kurve brach der Wagen aus, drehte sich dreimal und prallte mit dem Heck in ein Fußgängergitter. Der Wagen sah schlimm aus. Die Heckscheibe war

zersplittert, die Stoßstange abgefallen und das Blech im hinteren Teil ziemlich zerknittert. Birgit stand deprimiert am Gitter und wartete wohl auf die Sprüche ihrer männlichen Kollegen.
Schaulustige gibt es auch unter den Polizeibeamten. Mit Blaulicht kann jeder sich legal ansehen, was er möchte. Einige Polizeifahrzeuge fuhren neugierig vorbei. Otto, ein alter Kfz-Mechaniker meinte auch gleich: „Das wird nicht billig, mindestens 10.000 Mark!“
Das wußte Birgit auch, aber so genau wollte sie es doch nicht wissen. Keiner war verletzt, und nur das ist wichtig. Wir haben ihr in dieser Situation keine Vorwürfe gemacht. Tagtäglich sind wir im Streß. Die Fahrer wechseln ständig. Jeder Kollege kann unter Umständen einen tödlichen Fahrfehler begehen. Meinen Hinweis: „Mach dir nichts daraus, vielleicht fahren wir morgen gegen die Wand“, hörte sie aber doch gern. Birgit durfte ein paar Wochen später einen Tag zur Fahrschule. Die Behördenleitung hat diese Schulung nach schweren Verkehrsunfällen vorgesehen. Immerhin benötigt jeder Polizeibeamte eine besondere Erlaubnis, um mit Blaulicht und Einsatzhorn zu fahren. Ärztliche Untersuchungen sind ebenfalls vorgesehen. Ihr wurde Einzelunterricht gegeben und erklärt, warum ein Streifenwagen plötzlich ins Schleudern kommt. Ob der Fahrlehrer jemals einen Streifenwagen besetzt, innerhalb einer Schicht zehn bis 15 Einsätze mit Blaulicht gefahren hatte, wissen wir wirklich nicht. Die Fahrüberprüfung während einer Einsatzfahrt wollte der Fahrlehrer lieber nicht mitmachen. Otto als Sachverständiger lag richtig: Die Reparatur lag bei etwa 9.800 Mark.

Alte Zeiten

Unser Wachhabender Knut gab Otto und mir einen Ermittlungsauftrag. Wir fuhren im Nachtdienst zwar auf dem Streifenwagen, aber die Einsatzlage war äußerst ruhig.
Vor zwei Tagen war eine Tankstelle von zwei Räubern überfallen worden. Ein richtiges derbes Ding mit Waffe und Geiselnahme. Die

Beschreibung der zwei Täter war bekannt. Nun meldete sich plötzlich ein Zeuge an einer anderen Tankstelle. Der Pächter hatte sofort die Polizei verständigt. Mit diesen Informationen fuhren wir ab. Eine Handy-nummer war bekannt und eben der kurze Satz des angeblichen Zeugen: „Ich kenne den Räuber ..."
Da war doch tatsächlich einer aufgetaucht, machte wichtige Sprüche, hinterließ seine Telefonnummer und seinen Namen. Über unseren Computer wurde die Anschrift ermittelt. Wir fuhren sofort zur Anschrift. Innerhalb weniger Minuten hatte ich wieder das Gefühl, auf St. Pauli zu sein. Als wir klingelten, öffnete der Zeuge. Hinter ihm stand eine halbnackte junge Frau. Beide hatten einen hochroten Kopf und gingen wohl ihrer Lieblingsbeschäftigung nach. Für mich war die Sache klar. Otto dachte noch ein bißchen darüber nach. Hier hatte sich der Zeuge mit der Freundin des einen Räubers amüsiert. Durch einen Tip bei der Polizei konnten sie ihn leicht loswerden. Ganz zufällig wohnte der Verdächtige auch noch im gleichen Haus.
Jede Streifenwagenbesatzung muß die akute Gefährdungslage selbst einschätzen. Den Täter sofort festnehmen oder das Mobile Einsatzkommando verständigen. Das war für uns die Frage. Fünf Minuten dachten wir nach. Wir klingelten einfach an der Tür. Der Vater des Täters machte auf. Sofort und ganz leise fragte ich den nach seinem Sohn.
„Da im Zimmer links", war die Antwort.
Der Rest ging sehr schnell. Otto sicherte mich von der Seite. Ich stieß die Tür auf und schrie:
„Polizei, los, Hände hoch und aufstehen!"
Der junge Täter saß im Sessel. Er hatte noch zwei Freunde bei sich. Entsetzt sah er in die Rohrmündung meiner 9 mm Pistole. Er wurde blaß und stellte sich selbst mit erhobenen Händen an die Wand. Eigentlich einfach. Wäre das schiefgegangen, hätten wir mit Sicherheit ein großes Problem gehabt. Ruhig erklärten wir dem Täter, worum es eigentlich ging. Wir mußten ihn noch rechtlich belehren und sahen uns danach in der Wohnung um. Alles das ist Routine; die Festnahme, die Belehrung und die Anordnung der Durchsuchung.

Bei der Durchsuchung der Wohnung fanden wir in der Waschmaschine tatsächlich die Tatkleidung. Unser Mann bestritt alles, aber seine Planken, auf denen er sinngemäß stand, wurden erst feucht, plötzlich aber furchtbar naß. Hier kam mir die Vernehmungstaktik zur Hilfe, die ich jahrelang mit meinem Einsatzführer auf St. Pauli geübt hatte. Die Festnahme des zweiten Täters war nur noch eine Frage der Zeit. Dabei war uns der Haupttäter sehr behilflich, denn so weit ging seine Freundschaft doch nicht. Der zweite Täter wohnte auch in diesem Haus. Dort trafen wir aber nur den Bruder an. Die sachliche, bestimmte Unterhaltung überzeugte den Bruder. Zehn Minuten später kam er mit dem vermeintlichen Mittäter an. Den Rest der Beute (Bargeld) legte er gleich auf den Tresen. Aus seiner Tasche holte der Mittäter noch 150 Mark. Diesen Betrag hatte er schon ausgegeben, aber von einem Geldautomaten geholt, um die Differenz auszugleichen.
Otto und ich klopften uns auf die Schulter. Die Täter saßen bei uns in der Zelle, obwohl die Anzeige beim LKA noch gar nicht eingegangen war. So schnell kann das bei der Schutzpolizei gehen. Wir waren mit diesem Fall sechs Stunden befaßt und bekamen Tage später ein dickes Lob vom KK-Leiter. Das Landeskriminalamt hakte diesen Fall unter Rubrik „aufgeklärt“ ab.

Eisige Nacht

Ein Verkehrsunfall mit Flucht in Billstedt ließ die Besatzung des Peter 43/1 morgens um 1.00 Uhr aufmerksam werden. Der Halter des flüchtigen Fahrzeugs wohnte im Landgebiet. Birgit und Tim hielten an einem der Zufahrtswege an und legten sich auf die Lauer. Wenige Minuten später wurde die Mühe belohnt. Plötzlich fuhr das flüchtige Fahrzeug in Schlangenlinien an dem Einsatzfahrzeug vorbei. Zwei Männer saßen in dem Auto. Sofort fuhr der 43/1 hinterher.
Dieter und ich schalteten uns in die Verfolgung ein und hörten laufend die Standortmeldungen mit. Im Funkverkehr war immer wieder das

Einsatzhorn laut zu hören. Der Fahrer reagierte nicht auf die Anhaltezeichen und flüchtete mit hoher Geschwindigkeit weiter. Sekunden später war Funkstille. Birgit schrie laut über das Handfunkgerät:
„Michel, eine Person flüchtet, wir verfolgen zu Fuß!"
Ungefähr konnten wir den Anhalteort bestimmen. Auf der Fahrt dorthin hörten wir nochmals die Meldung:
„Person flüchtet ins Feld ..."
Die Meldungen wurden von mehreren Einsatzfahrzeugen gehört. In wenigen Minuten waren nur noch Blaulichter zu sehen und immer wieder die lauten Einsatzhörner zu hören.
Wir kamen mit unserem 43/3 als erstes Fahrzeug an. Kein Kollege war am Einsatzort zu sehen. Als wir abbremsten, fuhr plötzlich das angehaltene Fahrzeug weiter. Der Beifahrer hatte sich auf den Fahrersitz geschwungen und wollte sich absetzen. So nebenbei wurde der von uns im Wagen wieder angehalten. Der eigenartigerweise verletzte und volltrunkene Beifahrer wurde mit einem Rettungswagen ins Krankenhaus gebracht. Ein Streifenwagen begleitete den Transport. Nach der Behandlung wurde der Mann zur Wache gebracht. Es war ein polnischer Tourist.
Nun konnten wir uns um die Kollegen kümmern, die den Flüchtigen verfolgten.
Birgit und Tim waren nirgends zu sehen.
Unser Einsatzführer Jörg war mittlerweile eingetroffen und koordinierte gerade die Fahndungsmaßnahmen, als Birgit mühsam aus dem Graben, links von der Straße, stiefelte.
Sie hatte schon nasse Füße. Kurz teilte sie uns mit, daß der flüchtige Fahrer durch einen fließenden Wassergraben geschwommen sei. In dieser Nacht herrschte eine Außentemperatur von fast zehn Grad minus. Der Fahrer zog sich auf der anderen Seite noch die nasse Hose aus und lief weiter über das Feld. Birgit konnte im Dunkeln noch den Fluchtweg erkennen.
Die steif gefrorene Hose konnte Martin Minuten später an den Streifenwagen stellen. Bei diesem Anblick war uns klar, warum unsere Kollegin nicht durch das Wasser schwamm und die Verfolgung fortsetzte. Die zumutbare Grenze war erreicht. Die Hosenbeine von ihr

waren auch kurze Zeit später zu Eis gefroren und mußten an der Wache erst einmal aufgetaut werden.
Trotzdem suchten wir nach dem Mann. Die Fahndung war eigentlich aussichtslos. Es war stockdunkel, und hinter der Straße lag nur freies Feld. Weitere Einsatzfahrzeuge standen nach Auskunft des Funksprechers nicht zur Verfügung. Fünf Streifenwagen waren am Einsatzort. Also zehn Beamte, die sich an der Suche beteiligen konnten. „Sie können keine weiteren Kräfte bekommen", war die lapidare Auskunft. Daraufhin forderte Jörg die Feuerwehr an. Immerhin konnten uns die Feuerleute bei der Suche unterstützen.
Die Idee war gut. Aber der Funksprecher gab zum besten: „Die Feuerwehr steht für die Strafverfolgung nicht zur Verfügung!"
Das war wohl richtig. Aber Jörg war mit seinem Latein noch lange nicht am Ende. Das Kind - oder der Einsatz - bekam einen anderen Namen. Aus der Strafverfolgung wurde eine Lebensrettung. Immerhin war der Täter bei zehn Grad minus und halbnackt schon seit rund einer Stunde flüchtig.
Lebensgefahr wurde nun angenommen, und siehe da, die freiwillige Feuerwehr rückte an. Ausgiebig wurde das Gelände durchsucht. Eine Person konnte jedoch nicht gefunden werden. Die Suche wurde abgebrochen. Das Gelände haben wir uns am Tage noch einmal angesehen. Dort lagen nur Felder, so weit das Auge reichte. Bis heute tauchte der Mann nicht wieder auf. Die Sachlage wurde schnell geklärt. Nach einer Schlägerei in einem Lokal flüchteten die beiden tags zuvor mit ihrem Auto. Beim Anfahren vom Straßenrand verursachte der Fahrer einen Verkehrsunfall und flüchtete in Richtung Bergedorf. Bei dieser Schlägerei wurde der Beifahrer erheblich im Gesicht verletzt.
Trotzdem zeigte der Beifahrer mich wegen Körperverletzung im Amt an. Angeblich hätte ich ihm bei der Festnahme ins Gesicht getreten. Die sehr genauen Ermittlungen des Dezernats für Beamtendelikte ergaben, daß der Beifahrer bei der Schlägerei im Lokal verletzt wurde. Der Gastwirt bestätigte die Angaben. Das Verfahren gegen mich wurde eingestellt. Gegen den Polen wird wegen falscher Verdächtigung seitens der Staatsanwaltschaft ermittelt. Allerdings befindet sich

dieser schon wieder in Polen und hat wohl nichts zu befürchten. Das sind Ermittlungsvorgänge, die kein Beamter gegen sich verhindern kann. Mit diesen Umständen muß man leben.

Unheimliche Nacht

Drei Stunden nach Beginn des Nachtdienstes standen Birgit und ich am Funktisch im Wachraum. Es war noch nichts los. Die Nacht war kalt, und der Vollmond leuchte hell am Himmel. In Polizeikreisen ist es bekannt, daß in Vollmondnächten einige Spinner die Polizei rufen und horrende Geschichten erzählen. Ein paar Minuten später klingelte das Telefon und es war soweit.
„Ich habe etwas für euch“, sagte der Wachhabende.
„Zwei Angler haben am See größere Luftblasen aufsteigen sehen. Angeblich kommt das immer wieder. Das Wasser soll schon richtig sprudeln“, war die weitere Erklärung unseres Kollegen.
„Die spinnen doch“, erwiderte Birgit. Es nütze aber nichts. Kurze Zeit später fuhren wir an den See.
Schon am Parkplatz stand einer der aufgeregten Angler und winkte laut, wie eine solche Situation in Polizeikreisen genannt wird.
„Das glauben sie uns sowieso nicht, aber das blubbert ganz gewaltig im Wasser“, versuchte uns der Mann zu überzeugen.
Birgit und ich stiefelten durch das hohe Gras zum See. Auf dem Weg dorthin sahen wir uns immer wieder an und grinsten. Wir rissen uns aber zusammen.
Am See war ein kleiner Sandstrand. Das Wasser war wie erwartet ruhig. Es tat sich nichts.
„Wie sie sehen, sehen sie nichts“, war Birgits kurzer Kommentar zu mir.
„Gleich geht das wieder los“, sagte der zweite Angler, der erwartungsvoll auf das Wasser stierte. Die Blubberstelle lag etwa fünf Meter vom Ufer entfernt. Mit den Fingern zeigten beide auf die Wasseroberfläche. Zu sehen war nichts. Das Wasser war immer noch ruhig.

Sekunden später kamen tatsächlich kleine Blasen an die Wasseroberfläche. Die Blasen wurden größer und schließlich war eine ca. 40 bis 50 cm hohe Wasserfontäne zu sehen. Nach drei Minuten war wieder Stille. Weitere fünf Minuten später ging es wieder los.
Man muß sich die Situation vorstellen können. Zwei Polizeibeamte und zwei Angler stehen in einer dunstigen Vollmondnacht an einem See, links und rechts schwamm jeweils eine Ente, und das Mondlicht spiegelte sich auf dem Wasser. Vereinzelt krochen Nebelschwaden über die Wasseroberfläche.
Alle staunten mit großen Augen und sahen gespannt auf das Geschehen. „Na ja, wir werden mal die Feuerwehr rufen, vielleicht können die das klären", sagte ich noch und sprach in das Funkgerät. Der Funksprecher glaubte das auch nicht, verständigte aber die Feuerwehr.
Kurze Zeit später kamen die Fachleute. Die Feuerwehrleute staunten auch nicht schlecht. Der Zugführer sah einen Mann an und befahl: „Wasserhose anziehen und mal dahin gehen!"
Der betreffende Feuerwehrmann sah sich noch mal um, aber hinter ihm stand keiner mehr. Langsam ging er ins Wasser. Seine Kollegen und wir beide grinsten ein bißchen.
Birgit sagte noch leise: „Also ich wäre da nicht hingegangen!"
Das Blubbern wurde stärker. Mittlerweile befand sich der mutige Feuerwehrmann ca. zehn Meter vom Ufer entfernt. Die Kollegen und wir sahen beeindruckt zu.
„Hoffentlich versinkst du nicht im Boden", rief ihm noch ein Kollege zu. Das Wasser war zwar eiskalt, aber der Feuerwehrmann fand das plötzlich lustig. Das Sprudeln war immer stärker geworden, und schließlich saß der Feuerwehrmann richtig auf der Quelle drauf.
„Das kommt direkt vom Grund, sehr stark sogar", rief er uns zu. Danach kam er zum Ufer. Mehr konnte er nicht feststellen.
Ein Fotograf machte noch ein paar Fotos, und wir ließen die Sache auf sich beruhen. Gefährdet war ja keiner. Wir haben noch lange in der Nacht darüber nachgedacht, was es wohl war. Eine Antwort fanden wir nicht. Der Frühdienst rief am nächsten Tag bei verschiedenen Ämtern an. Ein Beamter konnte sofort eine Antwort geben. Es handelte sich um

eine defekte Sauerstoffleitung, die rund um den See verlegt und für den Bio-Haushalt des Wassers vorgesehen war.
Eigentlich eine ganz einfache Erklärung. Man muß nur darauf kommen, in dieser dunstigen Vollmondnacht.

Ein schrecklicher Einsatz

„Peter 43/3, fahren sie mal zum Achterdeich, Einzelhaus, da ist was Schlimmes passiert, die Feuerwehr wartet."
„Ja, verstanden, was ist denn da los?" war noch die kurze Frage unseres Kollegen.
Der Funksprecher ging darauf nicht weiter ein und verwies an die Feuerwehr vor Ort.
Natürlich waren wir auch neugierig. Heiner und ich fuhren ebenfalls zu diesem Haus, ohne uns aber bei der Funkzentrale zu melden.
Vor dem Haus, direkt vor der Tür, stand der Notarztwagen. Gleich dahinter war der Rettungswagen geparkt. Einer der Feuerwehrbeamten stand an der geöffneten Seitentür und zog aufgeregt an seiner Zigarette.
Unsere beiden Kollegen liefen vor der Haustür auf und ab. Kurz danach hielten wir an und stiegen aus.
„Was ist da los?" fragte ich Martin, der sich sehr bedeckt hielt.
Martin zeigte nur kurz mit dem Kopf in Richtung Tür. Ich ging hinein und sah eine junge Mutter am Küchentisch sitzen. Sie weinte heftig, sprang auf und versuchte dann krampfhaft, die Kaffeemaschine zu bedienen.
Der Notarzt kam gerade herunter und sagte:
„Wir haben ein totes Kind oben liegen, etwa sechs Monate alt."
Das wußte auch schon die Mutter. Sie hatte zwei Stunden, nachdem sie ihr Kind zu Bett gebracht hatte, noch einmal nachsehen wollen. Dabei kam ihr etwas komisch vor. Keine Atmung war mehr festzustellen.
Danach rief sie in Hektik die Feuerwehr.
Ich habe schon einige Menschen in Streßsituationen gesehen. Das Verhalten ist immer verschieden und erstaunlich. Die Mutter ver-

suchte sich hier abzulenken und wollte Kaffee kochen. Eigentlich unwichtig bei dieser Sachlage.
Mittlerweile griff die Mutter weinend zum Telefon und rief ihre Eltern und auch den Bruder an. Die wollten auch so schnell wie möglich kommen.
Bei diesen Fällen wird die Kinderleiche mit einem Beerdigungsunternehmer in die Gerichtsmedizin gebracht. Hier muß der natürliche Tod festgestellt bzw. Fremdverschulden ausgeschlossen werden. Erst dann sind die Eltern ermächtigt, die Beerdigung in die Wege zu leiten. Das ist Routine.
Aber der Vater saß am Bett seines toten Kindes. Das Kinderzimmer war schön hergerichtet, und von der Decke baumelten lustige Figuren. Die kleine Schwester hopste auf und ab und freute sich über die Polizei- und Feuerwehrwagen.
Die Feuerwehrbeamten wollten das Kind hinuntertragen. Das wollte der Vater aber nicht zulassen. Er weigerte sich, die Leiche herauszugeben und blieb still am Bett sitzen.
Ich sprach mit diesem Mann, und von Anfang an war ihm auch klar, daß sein totes Kind abtransportiert werden mußte. Seine Forderung, die Leiche im Bett liegen zu lassen, war von Anfang an eine unsinnige Forderung. Noch im Gespräch mit ihm kam leise der Feuerwehrbeamte ans Bett, nahm das Kind in eine Decke und trug es die Treppen hinunter. Der Vater weinte und sah noch einmal hinterher. Danach waren wir unten im Wohnzimmer noch ein paar Minuten zusammen, bis die Angehörigen kamen.
Menschen sterben, jung und alt, und manchmal auch kleine Kinder. Die Frage nach dem „Warum" quält einen Polizeibeamten, auch wenn wir die Beteiligten zuvor nie gesehen haben.
Martin hatte gerade ein fünf Monate altes Kind. Ich selbst habe drei, 16, neun und sieben Jahre alt. Wir beide haben in dieser Nacht noch darüber gesprochen und waren nicht mehr gut drauf für den Rest der Nacht.
Ein paar Tage später erkundigten wir uns nach dem Ergebnis der Obduktion. Es war der plötzliche Kindstod und keine Fremdeinwirkung. Vergessen können wir das Ereignis aber trotzdem nicht.

Das Alter nagt

Früh morgens, gegen drei Uhr, fuhr ich mit unseren Einsatzführer Jörg auf dem Peter 43/1. Wir fuhren zu einem Einbruchsalarm und kamen als erstes Fahrzeug an. Wir fuhren routiniert um das Gebäude. Allerdings stellten wir nichts fest. Der zweite Wagen, mit Ben und Rina, sicherte den Vordereingang. Das war auch alles richtig. Leider kam von den beiden der Vorschlag, die rückwärtige Feuerleiter zu überprüfen. Den Auftrag oder den Vorschlag nahmen wir natürlich an.
Als wir vor der betreffenden Leiter standen, sagte ich zu Jörg: „Weißt du eigentlich, wie hoch das Ding ist? Fast vier Etagen!“
Entsetzt schauten wir nach oben. Stahlsprossen, alle zwei Meter ein dünner Sicherungsring. Das Metall war eiskalt und mit Rauhreif belegt. Mutig war ich der erste. Auf halber Höhe sagte ich noch: „Paß auf deine Birne auf, ich habe die große Taschenlampe in der Tasche!“
Als ich mich auf das Dach schwang, hatte Jörg gerade die Hälfte geschafft. Es war auch noch ein Fenster auf. Kurze Zeit später standen wir auf dem Pappdach und bedauerten uns selbst.
„Irgendwas machen wir falsch, die jungen Kollegen stehen unten, und wir alten Männer steigen hier hinauf!“
Die Überprüfung war erfolglos.
„Toller Einfall“, sagte Jörg noch, als wir die Besatzung unten mit kalten Händen wieder trafen.
Dafür haben sie aber den Bericht geschrieben. Das war ja auch schon mal was. Es war auch nicht böse gemeint.
Einige Tage später wurden wir mit mehreren Funkstreifenwagen am Bahnhof tätig. Hier hatten sich die Stadtstreicher gestritten und geschlagen. Mühsam brachten wir Ruhe in die Situation. Einer regte sich immer wieder auf. Wir konnten den Mann nicht beruhigen. Schließlich verlangte er nach unserem Chef, der die Sache klären sollte. Jörg, der Chef der Schicht, war ja dabei. Die drei silbernen Sterne auf der Schulter machten schon Eindruck. Jörg stellte sich höflich vor und fragte bei dem Stadtstreicher nach. Der Spruch, der dann von diesem kam, ließ jeden Respekt außer acht.

Jörg wurde richtig angeschrien. Der Stadtstreicher schrie doch tatsächlich: „Was willst du denn hier, geh doch bloß in Rente!"
Als dienstältester Einsatzführer fiel Jörg wohl unter den jungen Kollegen auf. Eins war klar, mich hatte der Stadtstreicher nicht angesprochen. Über diesen Spruch lachten wir noch die halbe Nacht.

Unglaublich

An einem Sonntag fuhr ich wieder mit Jörg. Wir brachten über fünfzig Dienstjahre auf die Waage, aber das hatten wir noch nie gesehen. Besorgte Anwohner meldeten einen hilflosen alten Mann in einem Abbruchhaus.
Als wir vor dem Haus ankamen, waren etwa 15 Bürger auf der Straße. Sie zeigten uns entsetzt ein Abbruchhaus, gefüllt bis oben mit Müll. Als wir beide über den Zaun stiegen, versanken wir bis zu den Hüften in stinkendem Abfall. Einen Vorteil hatte der Müllhaufen: Wir standen in Höhe der ersten Etage. Entsetzt sahen wir ins Fenster. Dort lag seit einigen Tagen ein alter Mann. Überall blutende Verletzungen und dicke Beine. Die Feuerwehr mußte kommen. Mit einem Rettungswagen wurde der Alte ins Krankenhaus gefahren. Opa war hartnäckig und wollte wieder zurück in seinen warmen Müllberg. Der Arzt war machtlos, weil Zwangsmaßnahmen nicht möglich waren.
Jörg und ich waren uns einig: Zurückzufahren und im Haus wieder abzusetzen, kam für uns überhaupt nicht in Frage. Ich sprach mit dem alten Herrn und konnte ihn überzeugen. Freiwillig bliebe er zumindest bis Montag, wie er uns versicherte. Auch ein Müllmensch liebt den Service. Eine schöne Dusche und warmes Essen haben ihn schließlich überzeugt. Der alte Herr litt seit Jahren an einer Müllsammelsucht. Jedes Teil wurde gesammelt. Vielleicht war es ja noch zu gebrauchen.

Haarscharf

Kurz danach besetzte ich mit Heiner den Peter 43/1. Es war nichts los auf Funk. Heiner holte das Lasergerät. Mit diesem handlichen Gerät werden Geschwindigkeitsverstöße sofort festgestellt. Viele Kollegen nennen das auch die Laserpistole. Mit einem roten Punkt im Visier werden die Fahrzeuge angepeilt. Es ist lediglich eine ruhige Hand erforderlich, und Sekunden später erscheint die Geschwindigkeit im Display.
Wir stellten uns verdeckt am Deich auf. Hier gibt es viele Raser. Die Aktion läuft ganz einfach ab. Heiner hatte die Fahrzeuge immer gemessen. Ich stand verdeckt hinter seinem breiten Rücken. Die Autofahrer konnten mich so mit der Leuchtweste nicht sehen. Ich brauchte nur zu hören. Ertönt der Doppelton des Gerätes, war das ein Zeichen für einen besonderen Raser. Ein Fahrverbot kam uns entgegen.
Plötzlich kam der Doppelton und mein Kollege rief nur kurz: „99, der ist aber schnell!" Nun war ich an der Reihe. Als ich auf der Fahrbahn stand, war der Pkw noch etwa 150 Meter entfernt. Nicht gerade viel. Mein Haltezeichen war deutlich. Trotzdem raste der Fahrer auf mich zu. In letzter Sekunde warf ich alles aus den Händen. Die Anhaltekelle und meine Stablampe segelten im hohen Bogen durch die Luft.

Ergebnis zu hoher Geschwindigkeit. Foto Christoph Leimig

Aus dem Stand heraus braucht ein Mensch eine Menge Schwung, um etwa zwei oder drei Meter zur Seite zu springen. Das ist nicht ganz einfach. Außerdem muß man sich sehr genau überlegen, wohin man springt. Die Kelle prallte noch gegen den Kotflügel. Nur deshalb hielt der Fahrzeugführer in weiter Entfernung an.
„Leider habe ich sie nicht gesehen", sagte der Fahrer entsetzt, als wir neben seinem Fahrzeug standen. Das hatte auch seinen Grund. Der Autofahrer war mit 1,1 Promille unterwegs. In diesem Fall war eindeutig der Alkohol schuld.
Eine Woche später war ich wieder mit Heiner an anderer Stelle. Nach kurzer Zeit ertönte der Doppelton. Der Fahrer bekam sofort das Haltezeichen von mir. Er hielt auch in 50 Meter Entfernung vor mir an, blieb kurz stehen, schaltete das Licht aus und raste mit Vollgas auf mich zu. Ich bleibe immer bis zur letzten Sekunde stehen. Aber hier war doch ein gewaltiger Satz nötig, um heil von der Straße wegzukommen. Der Autofahrer wurde anschließend von uns verfolgt, hatte aber mehr PS auf der Autobahn als unser Mercedes.
Der erste Fall war relativ harmlos. Der zweite Fahrer hingegen hatte erst angehalten. Dann ist er aber bewußt auf mich zugefahren. Der wollte mich umfahren, um zu flüchten. Die nachträglichen Ermittlungen verliefen im Sande. Das Kennzeichen konnte ich nicht mehr ablesen, weil ich mit dem Sprung von der Fahrbahn beschäftigt war.

Landpolizei

In Bergedorf gibt es viele ländliche Gebiete. Einsätze zur Kuh- oder Pferdejagd sind zwar nicht an der Tagesordnung, aber ab und zu wird es heftig.
Nachts, im Schneetreiben, fuhren Tim, Martin und ich an den Hauptdeich. Ein besorgter Autofahrer hatte vier Pferde auf der Fahrbahn gemeldet. Natürlich liefen die Tiere auf dem Hauptdeich, das allerdings im Galopp. Innerhalb weniger Minuten standen die Viecher unterhalb

des Deiches. Der Schnee war so dicht, daß die Tiere kaum zu erkennen waren. Das Leitpferd fing ich mit einer Leine ein, zog den Kragen der Lederjacke hoch und setzte ausnahmsweise die weiße Mütze auf. Martin und Tim suchten ein offenes Gatter. Mit nassen Schuhen waren wir ca. 30 Minuten unterwegs, die Pferde im Schlepp, bis endlich ein Gatter gefunden war. Es war uns zu dieser Zeit egal, ob die Tiere dorthin gehörten oder nicht. Die Bauern einigen sich schon untereinander. Anders ging es einer Besatzung im Funkstreifenwagen 43/3, der zehn Pferde entgegenkamen. Die Kollegen saßen noch im Fahrzeug. Alle Tiere liefen links und rechts vorbei. Nur eines nicht. Dieses Pferd galoppierte über den Funkwagen hinüber. Die Kollegen waren beeindruckt von den lauten Geräuschen und blieben wie versteinert im Auto sitzen. Der Sachschaden war sehr hoch. Das Dach war tief eingebeult, die Scheibe zersplittert und die Kofferraumhaube war auch nicht mehr heil.
Wenige Wochen später war ich mit Otto im Naturschutzgebiet der Boberger Dünen tätig. Hier hatten Spaziergänger drei hilflose Kinder auf einem Baum sitzen sehen.
„Hier laufen wild gewordene Kühe", war die gutgemeinte Warnung an mich, als wir vorfuhren.
Auf meine Aufforderung hin kamen die Angsthasen herunter. Darauf hatten die Kühe augenscheinlich gewartet. Aus dem hohen Gras kam eine Herde von etwa 15 Kühen angetrabt. Eine Kuh kann ganz schön groß sein. Hörner hatten die auch. Mit den Kinder schlichen wir zu unserem Einsatzwagen, ganz langsam, ohne Hektik. Die Kühe hinterher. Als wir alle drin saßen, beschmierten und leckten die Tiere unsere Scheiben.
Als Polizeibeamter hat man keine Angst. Wenn Kinder im Streifenwagen sitzen, erst recht nicht. Ein zweites Einsatzfahrzeug wurde angefordert. Die Besatzung kam uns schließlich entgegen. Mit viel Mut stiegen wir langsam aus und trieben das Viehzeug auf eine Weide. Glücklicherweise kam auch der Bauer mit seinem Trecker, der die Weide absperrte. Die Kinder wurden von uns nach Hause gefahren und waren von ihrer mutigen Polizei begeistert.
Nach großen Tieren kamen auch die ganz kleinen. Eine Art Rehpinscher hatte ein aufmerksamer Autofahrer aufgelesen. Als er die

Polizei verständigte, sperrte er zur Sicherheit den kleinen Hund in sein Auto. Da saß er nun, als Swenja und ich den Einsatz bekamen. Sie versuchte es auf die sanfte Art. Der kleine Hund biß ihr sofort in die Hand. Das kleine Tier randalierte wie verrückt hinter den Sitzen. Ein zweiter Versuch brachte das gleiche Ergebnis.
„Jetzt nehmen wir die Hundeschlinge", sagte ich.
Kurze Zeit später kam ein Kollege mit diesem gewaltigen Gerät. Es handelte sich um einen langen Stab mit einer beweglichen Schlinge. Mit dieser Angel konnte ich den Hund einfangen und fixieren. Aber an einen Abtransport war nicht zu denken. Wir packten unsere schußsicheren Westen aus und setzten den kleinen Widerling in diese Tasche. Es guckte schließlich nur noch der kleine Kopf heraus, richtig süß. Plötzlich war er friedlich. Es ging ins Tierheim. Swenja mußte mit der blutenden Bißwunde ins Krankenhaus. Sie war drei Tage dienstunfähig. Die Folgen der Bißwunde kann heute jeder noch sehen.

Ein Wahnsinniger

Verrückte gibt es überall. Auf St. Pauli hatte ich schon einiges erlebt, aber Bergedorf übertraf oft die Reeperbahn.
In einem Montag-Nachtdienst, gegen 23.30 Uhr, saßen wir in großer Kaffeerunde. Wir nutzten die ruhige Einsatzlage für eine Dienstbesprechung. Plötzlich kam Udo herein und sagte entsetzt:
„Da vorn steht ein Verrückter, der riecht nach Benzin und hat zwei Brandsätze dabei!"
Sofort standen Tim und ich auf. Wir gingen in den Rezeptionsbereich. Das war der Vorraum für das Publikum. Der Funk- und Einsatzraum für die Wachhabenden und Kollegen liegt hinter einer sicheren Glaswand. Ich öffnete als erster die Tür. Dort sah ich einen ca. 25jährigen Mann. Der forderte sofort, daß die Tür wieder geschlossen würde. Kein anderer Beamter durfte seiner Ansicht nach im vorderen Bereich sein. Er wollte nur mit mir allein sprechen.

Das Anliegen des Mannes war schnell erklärt. Er und seine Freundin wurden wegen eines Falschgelddeliktes festgenommen und dem Haftrichter vorgeführt. Man kann sich nun vorstellen, daß dieser junge Mann von der Justiz entlassen wurde, sonst würde er ja nicht in Bergedorf vor dem Tresen stehen. Die Freundin aber nicht. Sie saß in Haft. Er wollte sie ganz einfach sehen. Seine Forderung unterstrich er damit, daß er zwei Brandsätze auf den Tresen stellte. Das waren zwei mit Benzin gefüllte Flaschen, versehen mit einer großen Lunte. Alles natürlich mit Benzin durchtränkt, wie er selbst auch. Wie sollte ich diesen entnervten und zu allem entschlossenen jungen Mann ansprechen? Ich fragte nach seinem Namen und stellte mich auch vor. Danach kam eine kurze Unterhaltung über seine persönlichen Verhältnisse. Außerdem fragte ich nach dem Namen der Freundin. Der junge Mann erkannte meine Verzögerung und Taktik. Damit war er nicht einverstanden. Plötzlich knotete er die Lunte beider Flaschen zusammen und hielt das Feuerzeug darunter.
„Das war's", dachte ich noch bei mir.
In Sekundenbruchteilen stürzte ich zum Tresen. Mit einem Wisch fegte ich beide Flaschen vom Tisch. Die Brandsätze flogen gegen die Wand und zersprangen. Das Benzin lief langsam aber sicher in Richtung Ausgang. Ein Funke, es hätte geknallt und eine Flammenwand wäre durch den Wachraum gelaufen. Zur Sicherheit hatte Tim aber schon einen Feuerlöscher und eine Wolldecke bereitlegen lassen. Die Feuerwehr wurde vorsorglich auch schon informiert. Das waren alles Dinge, die in dieser dramatischen Situation automatisch und routiniert abliefen. Unser Kandidat stand fassungslos vor dem Tresen. Plötzlich hatte er nichts mehr zum Anstecken. Mein Kollege Ralf stürzte ebenfalls aus dem Schreibraum, wo er die ganze Zeit lang ruhig ausgeharrt hatte. Wir stießen den Mann zu Boden und landeten zu dritt in der Hydrokultur. Innerhalb von Sekunden war die gesamte Schicht im Vorraum. Die Person wurde erfolgreich überwältigt. Sie wurde wieder dem Haftrichter zugeführt. Und wieder entlassen!
Im nächsten Spätdienst kam der Mann erneut. Er entschuldigte sich mit einem Zwanzigerpack Fruchtzwerge. Natürlich haben wir das nicht angenommen und im Müll entsorgt.

Die kurze Geschichte zeigt, daß es überall gefährlich werden kann. Es ist egal, wo die Polizeibeamten ihren Dienst ableisten.

Der hohe Baukran

Es gibt heute noch viele Neubaugebiete in unserem Revier mit den mächtigen Baukränen, die eine sehr imposante Erscheinung sind. Der freigestellte Ausleger dreht sich leicht im Wind, und wenn dieses Baugerät hoch genug ist, schwankt der Kran auch noch seicht nach rechts und links.
Jörg und ich fuhren gerade an die Wache. Aber wie so oft mußten wir unser Vorhaben kurz vorher abbrechen.
„Peter 43/1 kommen!"
„Ich hab es gewußt", sagte Jörg noch und nahm den Hörer in die Hand.
„Baustelle West, erster Baukran, Person will springen!" sagte der Sprecher Michel 4 kurz und die Sonderrechte sind zugelassen.
Mitten auf der großen Kreuzung drehte ich routiniert unseren Streifenwagen und mit Vollgas ging es in die entgegengesetzte Richtung.
Es war eigentlich ruhig auf Funk, wie wir so sagen, aber plötzlich waren wieder alle Kollegen dabei. Es fuhren noch sechs andere Einsatzfahrzeuge mit.
Die zuständigen Beamten der Außenstelle wollten auch noch mit. Wie Anhalter standen die beiden Kollegen an der Straße und zwängten sich schnell zwischen unsere Jacken und Einsatzkoffer hinten in den Mercedes, als ich kurz vor der Außenstelle Allermöhe anhielt. Diese Dienststelle wurde erst vor kurzem eingerichtet, da das betreffende Wohngebiet dort immer größer wurde. Die Außenstelle ist eigentlich eine zweite, kleinere Wache, die zu den bestimmten Zeiten besetzt ist.
Unser Einsatzfahrzeug schwankte ganz schön auf der Baustraße, so voll beladen, und die zwei-Liter-Maschine dröhnte laut.
Die beiden zugestiegenen Kollegen erklärten uns auch kurz, wie es zu diesem Einsatz kam. Ein Bürger hatte sich an der Außenstelle gemeldet und mitgeteilt, daß ein Selbstmörder auf einen Kran gestiegen sei.

Schon auf der Anfahrt hatte ich rechtzeitig das Blaulicht ausgeschaltet, denn die Aussicht von einem solchen Turm dürfte beachtlich sein. Wir wollten so spät wie möglich erkannt werden, um einen Sprung im Affekt oder aus Angst zu verhindern.
Es war stockdunkel, als wir vorfuhren. Mit unseren Taschenlampen konnten wir den Kran gut ausleuchten und erkannten in luftiger Höhe auch eine Person, die sofort schrie:
„Ich will springen, kommt nicht näher!"
Das Näherkommen war auch nicht so einfach. Links war der Bauzaun, mit sehr scharfen Spitzen an der Oberkante gesichert. Ein Überklettern des Zaunes war aufgrund der Verletzungsgefahr nicht ratsam.
An der rechten Seite sah es anders aus. Hier stand ein Verteilerkasten. Jörg und ich bestiegen den Kasten und mußten aber trotzdem noch immerhin fast drei Meter zur anderen Seite in den Sand hinunterspringen, um auf das Baustellengelände zu kommen.
Als wir am Fuß des Kranes standen, sagte ich zu Jörg:
„Ich frag mal, was der will, wir werden ja sehen."
Ich grölte kurz nach oben und kündigte gleich an, auf den Kran zu steigen. Der Mann rief noch: „Nein, erst muß meine Frau hierher!"
Diese Forderung ignorierte ich, hangelte mich durch die Stahlstreben des Krangerüstes und begann langsam mit dem mühsamen Aufstieg an einer sehr schmalen Leiter. Es war kalt im Januar und außerdem sehr windig. Handschuhe hatte ich natürlich nicht mitgenommen. In diesem Moment dachte ich neidvoll an die Kollegen, die ihre Handschuhe griffbereit im Gürtel stecken haben. Ich mußte mich mit bloßen Händen an den runden Stahlstreben festhalten.
Der Aufstieg war für mich ein richtiges Erlebnis. Erst zehn Meter, dann zwanzig Meter und die Welt unter mir wurde immer kleiner. Ich hatte das Gefühl, schon über fünfzig Meter hoch zu sein, als ich den Mann aus ca. drei Meter Entfernung endlich ansprechen konnte. Ich stand auf einer kleinen Trittstufe und hielt mich an einer Stahlstrebe fest.
Mit der Entschuldigung, ich könne ihn nicht richtig verstehen, erlaubte er mir dann doch, direkt mit ihm zu sprechen. So stand ich sehr schnell auf gleicher Höhe mit dem jungen Mann.

Der war völlig verzweifelt, weinte und wollte aufgrund seiner Arbeitslosigkeit und Ehescheidung heute vom Kran springen. In diesen Momenten kommt es auf die richtige Wortwahl und auch auf das Thema an. Daß der Mann auf einem Kran steht, weiß er selbst. Der Sprung in die Tiefe ist mit Sicherheit tödlich, und so hatte er einen sehr großen Vorteil für sich.
Endlich mußte sich jemand mit seinem Problem befassen. Es gab keinen anderen Weg. Der Polizeibeamte, der ebenfalls dort oben stand, hatte keine andere Wahl, mußte ihn anhören und ein Gespräch führen. Damit fing ich eigentlich schon beim Aufstieg an und bis Einsatzende redete ich ununterbrochen mit dieser Person.
So ganz nebenbei lenkte ich das Gespräch auf seine Familie und die Kinder. Jeder Vater wird weich, wenn man ihm deutlich die Folgen für die Kinder klar macht, wenn er so einfach vom Turm springt.
Wir haben die Unterhaltung dort in luftiger Höhe geführt, als wenn wir an einem Tisch saßen. Der Mann stand sicher auf einer Plattform, ich selbst mittlerweile mit einem Fuß auf der Leiter, mit dem anderen gestützt in den Stahlstreben des Kranes.
Über meine Frage:
„Was soll deine Tochter eigentlich denken, wenn du dort unten tot am Boden liegst?" dachte mein Gesprächspartner lange nach. Ich ließ ihm auch die Zeit und war ein paar Sekunden ganz ruhig.
Der Einsatz begann um 18.16 Uhr. Gegen 18.20 Uhr war ich auf dem Kran und genau um 18.40 Uhr gab der Mann seinen Freitodversuch auf. Schneller geht es eigentlich nicht. Ich bin auch nicht auf die unsinnige Forderung eingegangen, seine Ehefrau auf den Kran zu holen. Es hätte einfach zu lange gedauert, die Frau zur Baustelle zu holen.
Ein Kollege sagte später beeindruckt: „Den hast du wohl totgesabbelt!"
Ein kleines Problem ergab sich im Anschluß doch noch. Der Mann war fertig und durchgefroren. Ein sicherer Abstieg war allein nicht mehr möglich. In der Zwischenzeit war auch Jörg zu mir hochgestiegen und stand etwa drei Meter unter mir. Zwei Feuerwehrleute kamen auf seine Anweisung hin hoch und brachten den Mann in ihrer Mitte sicher nach unten.

Im nachhinein haben wir auf der Rückfahrt zur Wache mal über die Höhe nachgedacht. Wir legten uns auf etwa 25 Meter fest. Es kann ein bißchen mehr gewesen sein, aber trotzdem ist das sehr hoch.
Es wird von keinem Beamten erwartet, sich in solche Höhen zu begeben und dort noch mit einem Selbstmörder sicher zu verhandeln. Ich entschloß mich dazu, weil die Feuerwehr noch nicht da war und es mir dringend erschien.
Eine Verhandlung mit einem Selbstmörder ist nicht einfach. In dieser Situation sollte das Unternehmen in keinem Fall eine Übung und erster Versuch für den Polizeibeamten werden. Niemand weiß, wen man schließlich oben vor sich hat. Unter Umständen hat dieser Selbstmörder nichts zu verlieren. Das Gefühl, plötzlich ganz allein zu sein, kommt sehr schnell von selbst. Es wäre denkbar ungünstig, sich auf einem Baukran tätlich mit einer Person auseinandersetzen zu müssen, die sterben will.
Feuerwehrbeamte sind in diesen Fällen ebenfalls geschult und verfügen über ein geeignetes Sicherungsgerät. Es spricht nichts dagegen, auf die Rettungskräfte zu warten, wenn es möglich ist.
Das Metall war kalt, der Wind ziemlich heftig, und nach zwanzig Minuten ist selbst die härteste Frau oder auch Mann mit Sicherheit froh, wieder festen Boden unter den Füßen zu haben. Ein Schwindelgefühl oder Höhenangst sind hier fehl am Platz.
Ein kleines Nachspiel hinsichtlich einer gründlichen Reinigung unserer Kleidung und Hände hatte der Einsatz doch noch. Wir stellten einen deutlichen urinalen Geruch fest. Nicht nur wir, auch die Feuerwehrleute. Offensichtlich verrichtete der Kranführer seine kleinen Geschäfte von oben und der Rest der Mannschaft an der Bodenplatte des Kranes. Das muß man alles aber selbst einmal mitgemacht haben.
An der Wache erfolgte mit dem Mann noch ein persönliches Gespräch. Er war dann tatsächlich bereit, sich freiwillig in die Psychiatrie zu begeben. Wir waren so schnell das Problem los und er in sicherer Obhut.

Der Trick des alten Mannes

Man glaubt es kaum, aber alte Leute sind ganz schön findig.
Bert und ich fuhren mit unserem Streifenwagen im Dunkeln die Hauptstraße entlang. Ich war der Fahrer und fuhr diesmal mit der zulässigen Höchstgeschwindigkeit von fünfzig Kilometern pro Stunde. Das war auch mein Glück.
Vor uns stand an der Bushaltestelle ein Linienbus, der gerade zum Abfahren blinkte. Ich kam aber noch gut daran vorbei und sah dabei gleich in den Rückspiegel.
Mein Beifahrer schrie plötzlich: „Halt, paß auf!"
Wenn der Kollege vom Beifahrersitz aus dieses Kommando gibt, wird in die Bremse getreten. Das war auch erforderlich, denn wenige Sekunden später hätte ich einen alten Mann stumpf umgefahren.
Opa lief in der Mitte des Fahrstreifens und zog einen schweren Hackenmercedes (Einkaufstasche auf Rollen) hinter sich her. Laufen kann man eigentlich nicht sagen, er tippelte in kleinen Schritten vor sich hin.
Mittlerweile lief schon unser Blaulicht, und Bert war schon ausgestiegen. Er sprach gerade mit dem alten Herrn, als der Busfahrer hinter uns anhielt und hupte.
Der Busfahrer schob das Fenster auf und sagte:
„Den kenne ich, das ist mein Stammgast, das macht der immer so!"
Ich hatte das nicht gleich verstanden, und der Busfahrer erklärte mir das nochmals ausführlich.
Der alte Mann hatte den Bus gesehen, war aber nicht in der Lage, rechtzeitig an die Haltestelle zu kommen. Linienbusse halten nun mal nicht auf offener Straße, und so ging unser alter Herr auf der Fahrbahn dem Bus einfach entgegen.
Der Busfahrer war so gezwungen, anzuhalten und die Türen zu öffnen. Weigerte sich der Fahrer, blieb Opa vor dem Bus einfach stehen. Er hatte immer Glück und wurde von allen Fahrern mitgenommen. Es macht sicher auch keinen guten Eindruck, wenn die Fahrgäste nörgeln und die sowieso verspätete Fahrt sich noch länger verzögert.

Als ich im Bus stand und mit dem Fahrer sprach, wurde ich von vielen Fahrgästen belächelt.
„Das ist doch ein guter Trick", sagte ein junger Mann auf dem ersten Sitz. „Wenn er nicht schneller laufen kann, muß der das so machen!"
Bert wollte noch mit Opa reden, fing aber an zu lachen und half ihm mit seinem Einkaufswagen in den Bus.
Wir haben noch darüber gelacht, als wir im Streifenwagen saßen, aber irgendwann kommt sicher mal der Einsatz an dieser Stelle:
„Person unter Bus, Rettungswagen aus!"
Wir wollen für Opa hoffen, daß kein neuer Fahrer auf dieser Linie eingesetzt wird.

Routineeinsatz

„Peter 43/1 übernimmt diese Halterüberprüfung, Michel!"
„Ja, verstanden, 43/1", antwortete der Funksprecher.
„Und der 43/3 verläßt kurz am Krankenhaus ..."
Das waren eigentlich Routinemeldungen, die der Funksprecher eines jeden Einsatzfahrzeuges nur mit halbem Ohr mithört. Es war zur Zeit auch nicht viel los. Aufregend konnte der Einsatz des Peter 43/1 auch nicht sein. Bei einer Halterüberprüfung wird lediglich der eingetragene Halter eines Pkw aufgesucht, um diesen nach dem Fahrer seines Fahrzeugs zu befragen. Dies geschieht häufig bei Verkehrsunfällen mit Flucht und anderen Delikten, wo Fahrzeuge benutzt werden.
Bernd und ich standen am Landweg und beschäftigten uns mit der Laserpistole. Auch hier kam nur ab und zu ein Fahrzeug. Innerhalb einer Stunde hatten wir aber doch drei Fahrverbote. Besser als nichts.
Als ich an der Fahrertür unseres Funkwagens stand, schrie plötzlich Ilka vom Peter 43/1 in den Hörer:
„Achtung Michel, dringend Unterstützung, wir werden mit einer Schußwaffe bedroht ...!"

Sie mußte ihre Meldung zweimal wiederholen, da der Funksprecher in der Zentrale nicht sofort reagierte. Den Einsatzort wußte ich nicht mehr. Trotzdem sprangen wir sofort in unseren Streifenwagen und fuhren erst mal wieder Richtung Zentrum, denn von dieser Kontrollstelle gab es sowieso nur den Weg zurück, um in die richtige Richtung zu kommen.
Der Funksprecher wiederholte auch schnell die Straße und setzte alle verfügbaren Streifenwagen ein. Als ich auf die Autobahn fuhr, sah ich schon den 43/4, dessen Blaulichter immer kleiner wurden. Es versteht sich von selbst, daß die Fahrer alles geben, um den Kollegen schnell zu Hilfe zu kommen. Wenn dieses System innerhalb der Schutzpolizei Risse bekommt, können wir aufgeben. Rasant zu fahren und trotzdem sicher anzukommen, ist manchmal eine Kunst, aber glücklicherweise waren auf dieser Strecke keine anderen Fahrzeuge.
Es waren nur sechs Minuten, die aber für Ilka und ihren Partner Bert lange genug waren. Der Einsatzort lag wie so oft nicht um die Ecke. Dann war es soweit, nacheinander standen drei Streifenwagen mit Blaulicht vor dem betreffenden Haus. Der 43/3 war schon auf der Landstraße zu sehen, und kurze Zeit später ging das Blaulicht aus. Ein Zeichen, daß dieser Wagen Sekunden später ebenfalls vorfährt.
Ilka und Bert standen direkt vor dem hell erleuchteten Hauseingang. Die Haustür war halb geöffnet. Kurz dahinter standen eine hysterische Frau und der Ehemann auf dem Flur.
Die Lage war von Ilka schnell erklärt. Nach Verdacht der Trunkenheit im Straßenverkehr sollte der Fahrzeughalter überprüft werden. Die Anzeige wurde von einem Autofahrer bei einer Polizeistation in Niedersachsen erstattet.
Bei dem Fahrzeughalter handelte es sich um den Mann, der auf dem Flur stand. Nachdem hartnäckig geklingelt, geklopft und dort im Haus sogar angerufen wurde, öffnete die Frau schließlich die Tür. Der Ehemann stand hinter seiner Frau, allerdings furchterregend mit einem größeren Trommelrevolver in der Hand. Das ist eine Bedrohung und eine lebensgefährliche Situation für alle Beteiligten. Außerdem ist es nicht normal, daß die Polizei mit der Waffe in der Hand erwartet wird.

Die Nerven lagen blank, aber Ilka behielt die Übersicht und ließ die beiden Personen nicht mehr aus den Augen. Der Gipfel der Frechheit war, daß die Frau an der Tür noch den Dienstausweis der beiden Kollegen forderte. Wir befanden uns in einer ganz normalen, bürgerlichen Wohngegend. Ich selbst hatte in dieser Straße überhaupt noch keinen Einsatz. Ein Polizeibeamter, der akut bedroht wird, weist sich nicht mehr aus. Immerhin waren beide als Uniformträger deutlich erkennbar, und ein Mercedes-Streifenwagen stand vor der Tür. Das reicht ganz einfach. Mittlerweile hatten die Hausbewohner auch überzeugt sein können, daß die Polizei vor Ort war. Woher sollten die vier Einsatzfahrzeuge kommen, etwa aus einer Theaterrequisite?
Zwischendurch lief der Mann immer wieder in das dunkle Wohnzimmer und beschäftigte sich dort offensichtlich mit dem Revolver.
Als wir nun eintrafen, stand der Mann ohne Faustfeuerwaffe auf dem Flur. Trotzdem war mit den beiden nicht zu reden.
Ilka erklärte die Rechtslage und wollte die Schußwaffe überprüfen. Der Mann erhielt die Anweisung, nur zu zeigen, wo er den Revolver abgelegt hatte. Kurz danach gingen wir zügig ins Haus, und zwar ohne zu fragen.
Es kam erneut Hektik auf. Der Hausherr lief an Ilka vorbei, stieß sie zur Seite und wollte sich wieder in den Besitz des Revolvers bringen. Ilka hatte ihre Dienstwaffe gezogen, hielt diese hoch und versuchte, den Mann unter Kontrolle zu bringen. Nun überschlugen sich die Ereignisse.
Bert konnte den Mann nicht festhalten, der an einer Schublade im Schrank zerrte, und Ilka hatte nur noch eine Hand zur Verfügung, um sich erfolgreich zu wehren. Wir hatten es zwar nur mit einer männlichen Person zu tun. Das war aber trotzdem schwer genug. Der wahnsinnige Mann versuchte nun auch noch, Ilka die Dienstwaffe aus der Hand zu reißen, und zog an ihrem Arm. Das Handgemenge war hektisch, unübersichtlich und in diesem Moment auch noch sehr bedrohlich.
In einem günstigen Moment kam ich von hinten, erfaßte den im Bademantel bekleideten Hausherrn an beiden Oberarmen und hob ihn kurz an. Mit einer Drehung nach links lag der Täter plötzlich auf dem Fußboden, und ich kniete daneben. Eigentlich war alles unter Kontrolle.

Die Ehefrau fühlte sich nun auf den Plan gerufen, nochmals in das Geschehen einzugreifen.
Sie stand plötzlich vor mir. Keiner der beteiligten Polizeibeamten wußte nachher, wie die denn dort hingekommen war.
In Hysterie wollte sie sich auf mich stürzen. Kurz bevor ihre Hände meinen Kopf erreichten, gab es meinerseits einen kurzen Schlag von unten. Die Angreiferin sackte wortlos zu Boden und war handlungsunfähig. Nun war die Situation geklärt. Keiner wehrte sich mehr.
Der gefesselte Mann wurde zur Wache gebracht. Ilka bot der leicht nach Luft schnappenden Frau einen Rettungswagen an. Der wurde jedoch unfreundlich abgelehnt. Danach verließen wir das Haus.
Die Sache war schnell geklärt. Der nüchterne Hausherr war Halter des Fahrzeugs. Fahrer war jedoch der Sohn. Diesen wollten die Eltern natürlich schützen. Nur ist es nicht erforderlich, die Polizei, die nur die Sache klären wollte, mit einem Revolver in der Hand aus dem Haus zu jagen. Die schlichte Antwort „Ich weiß nichts ...“, hätte durchaus genügt.
Der Sohn meldete sich später an der Wache. Der war natürlich nüchtern. Vermutlich waren sich die Eltern aber nicht sicher.
Eine Überprüfung der Schußwaffe ergab, daß es sich um eine Schreckschußwaffe handelte. Keiner kann das vorher wissen.
Die nachfolgende Entschuldigung, das Ehepaar glaubte an Einbrecher, legten wir unter der Rubrik „unglaubwürdig“ ab.

Dramatik und Verzweiflung

„Ein Sechsjähriger wird vermißt, offensichtlich ins Wasser gefallen, dicht an der Schleuse“, sagte der Wachhabende nachdenklich zu uns, als er den Bereitschaftsraum betrat.
In solchen Situationen kommt es auf Sekunden an. Es war klar, daß alle Kollegen hinausliefen und die Einsatzfahrzeuge besetzten. Innerhalb von Sekunden rasten die Streifenwagen mit Blaulicht und Horn vom Hof der Wache.

Wenn es um kleine Kinder geht, möchte eigentlich jeder Polizeibeamte fliegen können. Aber es war auch so schon schnell genug, weil der Einsatzort diesmal in 30 Sekunden erreicht war. Das ist sehr selten in einem großen Reviergebiet.
Am Einsatzort waren Nerven und viel Routine gefordert. Auf einer Bank, direkt am Wasser, saß die Oma des betreffenden Kindes. Daneben stand die entsetzte ältere Schwester, etwa 17 Jahre alt. Beide weinten und erklärten kurz, daß man im Lokal, direkt gegenüber, frühstücken wollte.
Die Oma wollte mit der älteren Schwester einen Tisch aussuchen. Für diese zwei Minuten war der Sechsjährige allein auf dem Gehweg und zwar zur Wasserseite hin.
„Als wenn jemand in die Hände klatscht und einfach weg", schrie weinend die Schwester zu mir herüber. Ein Passant hatte den Jungen noch an der Kanaltreppe unten am Wasser gesehen.
„Ilka, das ist wohl ernst", sagte ich zu meiner Kollegin.
„Laß mal das große Programm abspulen!"
Sie hatte heute die Einsatzführung und dachte nur fünf Sekunden nach. Dann ging es los.
„Achtung Michel 4, ein Kind ist offensichtlich ins Wasser gefallen, entsenden Sie bitte die Feuerwehr, Rettungswagen und Notarzt!"
Die übrigen Kollegen und ich liefen am Geländer entlang und sahen angestrengt ins Wasser, ob der Junge noch irgendwo zu entdecken war. Das Wasser war eine dunkelbraune Brühe und ca. drei Grad kalt. Nichts war zu entdecken.
Innerhalb weniger Minuten waren im Umkreis die Einsatzhörner der Feuerwehr zu hören. Ein Fahrzeug nach dem anderen fuhr an den Kanal. Ilka dachte noch weiter, und wir schlossen natürlich nicht aus, daß der Junge irgendwo hingelaufen sein könnte, weil er nicht warten wollte. Wir beide blieben vor Ort, wie es so schön heißt.
Die anderen Besatzungen der Einsatzfahrzeuge und auch noch der Polizeihubschrauber (Funkname Libelle) erhielten eine detaillierte Beschreibung des Knaben und übernahmen die Fahndung im Umkreis der Wohnanschrift.

Mittlerweile waren auch die Rettungstaucher eingetroffen. Alles ging sehr schnell, und ehe man sich versah, waren zusätzlich mehrere Boote auf dem Wasser.
Nur die Zeit lief uns davon. Der Notarzt stand schon nervös am Geländer und ging auf und ab. Seine Armbanduhr hatte er stets vor Augen. Er hatte die Aufgabe, das Kind wiederzubeleben und lebend ins Krankenhaus zu bringen. Sein Feind war die Zeit, und die ist unerbittlich. Die Minuten liefen, und nach 40 Minuten stand fest, wenn das Kind gefunden wird, ist es eine Leiche.
Die Feuerwehrbeamten suchten mit einem Schleppgerät den Grund ab. Das Gerät hat auch einen anderen Namen, nämlich Leichenangel. Mühsam wurde diese Angel mit den diversen spitzen Haken über den Grund gezogen. Es ist ein Glücksspiel, aber irgendwann könnte sich ja einer der Widerhaken in der Kleidung verfangen und so zur Rettung beitragen.
Die Feuerwehrleitung bat mich, den Einsatzort weiträumig abzusperren. Es ist kein schönes Bild, wenn eine Kinderleiche aus dem Wasser gezogen wird. Der Anblick ist grausam. Die Passanten oder auch Schaulustigen fühlten sich um ihre Sensation betrogen, als diese scharf und bestimmt vom Ort des Geschehens verbannt wurden. Es ist nicht einfach, mit diesen gierigen Normalbürgern umzugehen.
Die Oma und die Schwester saßen verzweifelt auf der Bank. Sie weinten immer noch und wußten spätestens jetzt, daß es hier keine Rettung mehr geben konnte. Die beiden wurden vom Notarzt betreut.
Trotzdem darf man nicht aufgeben, und nichts ist im Polizeidienst gewiß. Also wurden die Spielplätze und der Weg zur Wohnung immer wieder intensiv mit den Streifenwagen abgefahren und mit dem Hubschrauber abgeflogen.
Plötzlich kam über Funk die erlösende Meldung. Ein Streifenwagen meldete: „Wir haben ihn, der schaukelt hier ganz ungeniert auf dem Spielplatz!“
Begeistert war der Kleine noch über die vielen Polizeihubschrauber, die er gesehen haben will. Wir erklärten ihm, daß das nur einer war, der ihn suchte. Das sind aber unwichtige Feinheiten im Leben eines Sechsjährigen.

Die Oma und die Schwester waren erleichtert und weinten wieder, allerdings nun vor Glück.
Der Einsatzleiter der Feuerwehr gab ein kurzes Kommando, und alle packten ihre Ausrüstung zusammen und zogen die erschöpften Taucher an Land.
Der Ausreißer sollte vom Spielplatz abgeholt werden. Dazu mußten allerdings gleich zwei Streifenwagen eingesetzt werden.
Wenige Minuten später stand der Sechsjährige ehrfürchtig vor seinen „Rettern“ und bedankte sich artig bei dem Einsatzleiter der Feuerwehr.
„Der Einsatz ist ja gut abgelaufen“, freuten sich die Beamten der Feuerwehr.
Ihnen machte es nichts aus, die vielen Einsatzgeräte zu sortieren und die Taucher an Land aus ihren Anzügen zu befreien.
Die Polizei hatte aber einen kleinen technischen Defekt zu beklagen.
„Wo gehobelt wird, da fällen Späne“, war mein lustiger Kommentar. In dieser Sache konnte ich gut lachen.
Unsere andere Kollegin, den Namen möchte ich hier nicht nennen, lachte überhaupt nicht mehr.
Als sie auf den Spielplatz fahren wollte, um den Ausreißer abzuholen, überfuhr sie mit ihrem Einsatzfahrzeug einen umgeklappten Absperrpfahl.
„Das muß doch passen“, sagte sie noch kurz zu ihrem Beifahrer.
Nach einem kurzem Aufsetzen führte sie aber einen sofortigen Ölwechsel an Ort und Stelle durch. Das war wirklich beeindruckend, wie das Öl links und rechts herausspritzte. Ein Streifenwagen ist eben immer heiß.
Die Ölwanne riß ab und das gesamte Motoröl lief aus.
Es ist als Fahrer eines Einsatzfahrzeuges deprimierend zu sehen, wenn der eigene Wagen auf einen Abschlepper gezogen wird und die Schaulustigen anfangen zu lachen.
Der Schaden war aber gering, und am nächsten Tag lief das Fahrzeug wieder.
Natürlich hatte unsere Kollegin keine Schuld an diesem Schaden.
„Entweder war der umgeklappte Pfahl zu hoch, oder der Streifenwagen lag tief“, sinnierte sie noch, als sie bei uns einstieg.

Das kleine Mädchen im Nachthemd

Wir waren wieder einmal dran mit einem 12-Stunden-Nachtdienst. Es war der Teufel los, und zum Glück hatten wir gleich um 18.00 Uhr den Mercedes, oder den Funkstreifenwagen Peter 43/1, vollgetankt. Bis 1.00 Uhr liefen die Einsätze in einer Tour auf und mittlerweile hatten wir schon 130 Einsatzkilometer auf dem Tageszähler.
„Peter 43/1, fahren sie zum Landweg 7, Schlägerei auf der Straße, dazu die Uhrzeit 1.01 Uhr", sagte kurz der Funksprecher Michel 4.
Tim hatte noch gar nicht den Hörer wieder eingehängt, da heulte schon der Motor auf, und die erste Klangfolge des Einsatzhornes lief bereits durch. Wir dachten noch kurz über den besten Anfahrtsweg nach, als ich bereits mit fast 120 km/h die Hauptstraße entlangraste.
Diesen Gedanken verloren wir aber sofort, denn der Funksprecher meldete sich nochmals.
„Peter 43/1, brechen sie ab, Messerstecherei in der Hans-Martin-Kehre 95, Rettungswagen ist unterwegs, Sonderrechte sind zugelassen, einen Streifenwagen schicke ich noch hinterher!"
Das Blaulicht lief ja schon, und wie es so kam, fuhren wir direkt an der Einmündung zu dieser Straße vorbei. Solche günstigen Standorte sind selten, aber es kommt vor, daß man fast direkt vor der Tür des betreffenden Hauses steht oder gerade vorbeifährt.
Ich fragte meinen Beifahrer auch nicht mehr, vollzog eine Vollbremsung und bog mit einsetzendem ABS nach rechts ab. Außerdem war zu dem anderen Einsatz noch ein Polizeiposten mit seinem Streifenwagen unterwegs. Man kann nicht überall gleichzeitig sein und muß nach Wichtigkeit sortieren. Mein Partner und ich hatten uns wortlos geeinigt.
15 Sekunden später sahen wir ein etwa zehnjähriges Mädchen im weißen Nachthemd auf der Straße stehen und hektisch winken.
Die Kleine war aufgeregt, aber trotzdem in der Lage, uns genau zu informieren.

„Schnell, kommen sie mit, mein Vater blutet wahnsinnig, der stirbt gleich!“
Dann lief das Mädchen im Dauerlauf zu dem Haus. Ich im Laufschritt hinterher, Tim folgte.
Im Laufen schaute ich noch mal kurz zurück. Unser Streifenwagen stand mit zwei offenen Türen und laufendem Blaulicht auf der Straße. Eigentlich soll ein Polizeibeamter so sein Einsatzfahrzeug nicht zurücklassen. Aber es war eine normale Wohngegend, und den Wagen würde schon keiner stehlen, dachte ich noch. Es ging auch gut.
Es war ein feines Einfamilienhaus, prächtig angelegt und wirklich schön beleuchtet. Die Haustür stand offen. Ich konnte bis ins Eßzimmer hineinsehen und stand schon im Hauseingang mit meinen Schuhsohlen im Blut.
Das hatte ich lange nicht mehr gesehen und sprengte selbst die harten Einsätze auf St. Pauli.
Der Fußboden im Eßzimmer war mit großen Blutflecken versehen, und ich mußte aufpassen, daß ich nicht ausrutschte, als ich ins Haus hineinlief.
Warmes Blut hat einen eigenartigen Geruch, insbesondere dann, wenn es noch frisch ist. Dieser Geruch war deutlich in der Nase spürbar. Vor dieser großen Blutlache saß ein Mann auf einem Stuhl. Daneben stand eine Frau und hielt eine sehr große Verletzung am Brustkorb mit ihren Händen zu. Nach außen blutete das nicht mehr, aber ich nahm an, nach innen. Das war ebenfalls lebensgefährlich.
Sofort schrie ich Tim entgegen:
„Einen Notarztwagen nachfordern, das ist eine lebensgefährliche Verletzung!“
Das kleine Mädchen schob ich kurz in das Arbeitszimmer ihres Vaters und schloß die Tür.
Als ich dann wieder ins Zimmer ging, rief ich Tim noch zu:
„Der Peter 43/2 muß noch her, die Praktikantin muß das kleine Mädchen betreuen!“
Das Wichtigste war jetzt geregelt, und ich blieb weiter im Eßzimmer. Tim wickelte draußen den Funkverkehr ab und gab noch eine kurze Lagemeldung für die Funkzentrale.

Während ich auf die Feuerwehr wartete, sprach ich kurz mit der Frau, die neben dem verletzten Mann stand. Das war die Ehefrau. Sie erklärte kurz, daß sie einfach auf ihren Mann mit einem langen Messer eingestochen habe, als der um 1.00 Uhr nach Hause kam. Also war das ein ganz einfacher Fall. Die Täterin versorgte zur Zeit ihr Opfer und machte auch keine Fluchtversuche.
Die Ehefrau hielt krampfhaft die Wunde ihres Mannes zu und fing noch an zu weinen. Es ist nicht angebracht, diesen vermutlich lebensrettenden Griff der Täterin zu unterbinden.
„Ordentlich zuhalten und nicht loslassen, bis die Feuerwehr da ist", forderte ich die Frau auf.
Das tat sie auch und blieb solange dort stehen, bis die Sanitäter kamen. Danach übernahmen die Feuerwehrbeamten und der Notarzt die weitere Versorgung und legten einen Druckverband an. Mit einer schweren Thoraxverletzung wurde der Mann ins Krankenhaus gefahren. Mittlerweile hatte ich die Ehefrau und eben auch Täterin, das durfte natürlich nicht vergessen werden, nach draußen geführt. Dort kam die offizielle Belehrung als Beschuldigte. Auch in diesen Fällen mußte die Täterin über ihre Rechte informiert werden.
Sie hat auch alles verstanden und erklärte, daß sie nicht mehr wüßte, warum sie zugestochen hatte. Sie war verärgert über ihren Mann, der Geschäftsfreunde besucht hatte und tagelang nicht da war. Besonders ärgerlich war die Frau über ihren verpatzten Hochzeitstag. Der war nämlich gerade eine Stunde vorüber.
Die Praktikantin hatte sich wunderbar mit der Kleinen im Arbeitszimmer beschäftigt. Beide unterhielten sich lange über Musik. Die Polizeibeamtin konnte Geige spielen, die Kleine Klavier. Das war ein schönes Thema, und der Teddy auf den Knien mußte auch noch zuhören. Unsere Kollegin war Kommissaranwärterin und erst vier Tage bei uns an der Wache. Dieser tragische Fall zeigt, daß es auch für einen Berufsanfänger von Anfang an gleich hart zur Sache geht.
Gewalt und schöne Dinge des Lebens liegen dicht beieinander. Aber nun kam ich noch ins Arbeitszimmer und zum eigentlichen Thema.

Ich mußte der Zehnjährigen nun erklären, daß die Polizei die Mutter mitnehmen muß.
„Das kenne ich aus dem Fernsehen“, war der kurze Kommentar des Kindes.
Auch Kindern muß man die Wahrheit sagen. So erklärte ich der Kleinen auch, daß ihr Vater schwer verletzt sei, aber nach den bisherigen Untersuchungen nicht sterben würde. Damit war die Kleine beruhigt, packte für die Mutter noch ein paar Sachen zusammen und fuhr mit einem Verwandten zu ihrer Cousine. Diese Nebensächlichkeit, die Benachrichtigung eines Onkels, war auch von der Polizei geregelt worden, denn irgendwo mußte das Mädchen ja für die Nacht bleiben.
Das Messer fanden wir auf dem Küchentresen. Immerhin fast 20 Zentimeter lang und blutverschmiert.
So blieb uns nur noch der Transport der Täterin zur Wache und die Übergabe des Tatorts an zwei Kriminalbeamte. Ich schrieb die sehr ausführliche Strafanzeige gegen die Frau. Solche Gewaltdelikte werden von der Polizei angezeigt. Es spielt keine Rolle, ob das Opfer später einen Strafantrag stellt. Die Staatsanwaltschaft allein entscheidet, ob eine Anklage erhoben wird.
Der Ehemann hat es überlebt, und so bleibt eigentlich nur noch die gefährliche Körperverletzung mittels eines Messers. Über eine mögliche Bestrafung der Ehefrau und Mutter müssen sich die Gerichte Gedanken machen. Das ist nicht Sache der eingesetzten Polizeibeamten.
Kurz vor Dienstende sah ich ins Einsatzbuch und dachte für mich kurz nach. Das Mädchen im Nachthemd war die laufende Nummer 43 in dieser Nacht, von insgesamt 54 Einsätzen. 22 davon hatten wir mit Blaulicht und Horn gefahren und insgesamt 198 Kilometer zurückgelegt.

Der heiße Toaster

Einige Menschen auf dieser Welt vermißt niemand, über andere machen sich Vorgesetzte sofort Gedanken, wenn die Mitarbeiter nicht zur Arbeit kommen.

So handelte auch der Personalchef eines großen Kaufhauses, als ein zuverlässiger Angestellter nicht zur Arbeit kam. Sofort wurden die Eltern über Telefon verständigt, die sich unmittelbar zur Wohnung ihres Sohnes begaben. Der Vater und die Mutter klingelten Sturm an der Wohnung ihres Kindes. Aber es wurde nicht geöffnet.

Der Vater verständigte sofort die Polizei, und so fuhr ich mit Martin gegen 15.00 Uhr vor das Haus. Die Mutter lief hektisch auf dem Laubengang auf und ab und weinte. Sie war völlig verzweifelt und rechnete mit dem Schlimmsten. Der Vater war nach außen ruhig und erklärte uns immer wieder die Zuverlässigkeit seines Sohnes.

Diese Schilderung forderte sofort Maßnahmen. Auf einen vom Vater beauftragten Schlüsseldienst warteten wir natürlich nicht.

Martin ließ zügig über die Funkzentrale der Polizei die Feuerwehr anrücken. Ein HLF (Hilfeleistungsfahrzeug) und ein Rettungswagen rückten innerhalb von drei Minuten an. Drei Minuten sind kurz und doch wieder lang. Die Eltern klingelten und klopften immer wieder an die Tür ihres Sohnes. In der Mutter stieg schiere Verzweiflung hoch.

Martin erklärte kurz und bündig:

„Wenn die Feuerwehr die Tür aufgemacht hat, sehen wir zuerst hinein, dann vielleicht sie!"

Ich selbst ging von einem Ernstfall aus. Der Sohn hatte sich entweder das Leben genommen oder war so verstorben. Eine einfache Denkweise. Aber man selbst ist ja auch nicht betroffen und muß diesen Einsatz routiniert abwickeln.

Die Feuerwehrbeamten kamen im Laufschritt in den Laubengang gelaufen. Für diese Beamten ist alles eilig, und sie haben einen großen Vorteil. Die Beamten der Feuerwehr denken kurz nach und handeln. So wurde auch schnell das Werkzeug ausgepackt und ein Stahleisen

angelegt. Mit diesem Gerät wollte der Feuerwehrmann den Schließmechanismus des Schlosses überwinden.
Aber es kam ganz anders.
Plötzlich wurde der Schlüssel im Schloß bewegt. Die Tür wurde langsam geöffnet.
Die Mutter war glücklich. Der Sohn war am Leben. Sie heulte vor Glück und ließ ihren Tränen freien Lauf.
Der Sohn sprach aber nicht mit uns. Ich konnte noch eine lange Gestalt in den hinteren Teil der Wohnung gehen sehen. Der junge Mann trug ein weißes T-Shirt und eine Jeans. Der Hosenboden war deutlich sichtbar naß. Danach setzte er sich auf das Bett und verschränkte die Arme vor seinem Kopf. Er sagte kein Wort.
Im Flur hörte ich dann den Gruppenführer der Feuerwehr rufen: „Die Polizei muß mal herkommen, ich habe was für die."
Martin und ich gingen sofort zu dem Feuerwehrmann. Dieser zeigte uns eine abenteuerliche Konstruktion.
Über den Flur lief eine unscheinbare elektrische Leitung. Diese lief von der Küche aus ins Badezimmer. In der Küche steckte der Stecker in der Steckdose. Die Leitung war ganz scharf, stand also unter Strom, wie uns der Feuerwehrmann mitteilte. Am Ende der Leitung im Badezimmer war ein Toaster angeschlossen.
„Und was braucht man noch?" fragte ich erstaunt den Feuerwehrbeamten.
„Na ja", sagte der, „ein bißchen Wasser noch!"
Dann sahen wir beide in die Badewanne. Die war gefüllt mit warmem Wasser, und der Toaster stand davor. Nun war mir auch klar, warum der junge Mann einen nassen Hosenboden hatte. Offensichtlich saß dieser Junge die ganze Zeit auf dem Rand der Wanne, als wir noch auf die Feuerwehr warteten. Er konnte sich aber offensichtlich nicht dazu entschließen, mit dieser Henkerskonstruktion in die Wanne zu steigen.
Es hat schon seinen Grund, daß die Feuerwehrleute einen Handwerksberuf haben müssen, bevor diese den Feuerwehrdienst antreten dürfen. Ein Elektriker der roten Zunft baute diese selbstmörderische

Konstruktion fachmännisch ab und übergab mir den Toaster und die Kabel.
Ein Schritt in das feuchte Badezimmer hätte für die eingesetzten Beamten sehr ungesund sein können.
Die Besatzung des Rettungswagens überprüfte auch gleich den Kreislauf des vermeintlichen Selbstmörders. Der Sanitäter glaubte seinen Augen kaum, als das Blutdruckgerät einen Wert von 240 anzeigte.
Damit war klar, der junge Mann stand völlig unter Dampf und war kurz vor dem Platzen.
Die Mutter wollte sich um ihren Jungen kümmern und bat uns zu gehen.
„Hier ist fachmännische Hilfe angebracht. Ihr Sohn muß in die Psychiatrie und behandelt werden!" war mein Kommentar dazu.
Wie immer lehnte der Betroffene aber ab. Der wollte nirgendwo hin und in seiner Wohnung bleiben.
Einige Menschen muß man zu ihrem Glück zwingen. Die Überzeugungsversuche der Rettungssanitäter waren erfolglos. Immer wieder schüttelte der junge Mann den Kopf und wollte nicht mitgehen.
„Paß mal auf!" sagte ich schließlich zu unserem Kandidaten. „Entweder du gehst freiwillig mit ins Krankenhaus, oder ich bringe dich zwangsweise dorthin. Ich ordne kurz eine Ingewahrsamsnahme deiner Person an, da denke ich mir gar nichts bei."
Im Laufe meiner Dienstjahre habe ich erkannt, daß klare Worte manchmal Wunder bewirken. Mittlerweile habe ich auch das Lebensalter, einem 20jährigen zu erklären, was besser für ihn ist und er das zu tun hat, was ich ihm sage.
Es war ein bemerkenswerter Augenaufschlag, so richtig hilflos, und der erste Satz, den der junge Mann nun von sich gab.
„Ich nehme die erste Möglichkeit, sie haben wohl recht!"
In solchen Momenten darf nichts verzögert werden. Die Sanitäter der Feuerwehr lachten mich kurz an, nahmen den Jungen unter ihre Arme und fuhren ihn ins Krankenhaus.
Es spielte dabei keine Rolle, ob der Mann Schuhe an hat oder nicht.
Seine eigene Entscheidung muß schnell umgesetzt werden.

Leider erfuhren wir nicht den Grund seines Selbstmordversuches und hatten schon Minuten später wieder einen Feueralarm, einen Verkehrsunfall auf der Autobahn und einen randalierenden Ladendieb in einem Kaufhaus.
Auf den Fahrten zu diesen Einsätzen sagte Martin noch zweimal zu mir: „Stell dir mal vor, der sitzt auf dem Rand der Wanne im Badezimmer, und wir beide stehen in der Tür ..., das ist vielleicht ein Ding, was?"
Wir hatten dankbare Eltern zurückgelassen, die freuten sich doch noch über den guten Ausgang der Sache.
Sie hatten zwei Polizeibeamte verständigt, die sich ihr Problem anhörten und sofort Maßnahmen zur Rettung ihres Sohnes einleiteten. Aus diesem Grunde bezahlte der Vater auch schweigend die Anfahrt des Schlüsseldienstes, steckte die Rechnung ein und sagte: „Danke, meine Herren, auf Wiedersehen, meine Frau und ich sind richtig glücklich!"

Unsittlich einmal anders

Ein Polizeibeamter muß sich sehr viel gefallen lassen. Deshalb sollte auch die Reizschwelle weit über der Stirn liegen. Es gibt in vielen Situationen persönliche Angriffe, Beleidigungen, Frechheit und auch mal etwas ganz anderes.
An einem Donnerstag waren im Frühdienst ausnahmsweise mal alle Kollegen im Dienst. Die drei Funkstreifenwagen waren besetzt, und Otto, Reiner und ich waren tatsächlich über. Also übernahmen wir eine Geschwindigkeitsmessung im Landgebiet mit unserem Lasergerät. Beschwerden der Anwohner über Raserei gab es viele, auch wenn die Nachbarn dann als Raser erwischt werden.
Die Kontrolle war durchaus erfolgreich. Natürlich nur aus Sicht eines Polizeibeamten. Innerhalb von 40 Minuten drei Fahrverbote in einer 50 km/h-Zone. Der erfahrene Autofahrer weiß, daß man deutlich über 80 fahren muß, um in den Genuß zu kommen, sich einmal einen Monat lang als Fußgänger zu betätigen.

Reiner stand an der Straße, und plötzlich war der Doppelton des Gerätes zu hören. Also deutlich im Fahrverbot. Otto sprang auf die Straße und hielt das schnelle Fahrzeug an. Es war ein Mercedes 230 SLK mit einer attraktiven Frau, so Mitte 40.
Wir teilten uns die Arbeit. Meine beiden Kollegen waren an der Straße, und ich saß im fahrenden Büro. Das ist ein Mannschaftswagen mit einem aufklappbaren Tisch.
Nach einer kurzen Information über den Grund der Verkehrskontrolle stieg die Sünderin aus ihrem Fahrzeug und kam langsam mit ihren Papieren in der Hand zu mir. Erwartungsvoll wartete ich auf meine Kundin. Die Polizei zeigt nicht nur an, sondern belehrt auch, verteilt Informationen zur Geschwindigkeit und den möglichen Folgen einer zu schnellen Fahrweise. Diese Information war heute die aktuelle Preis- und Punktetabelle sowie das betreffende Kreuz für das Fahrverbot.
Ich verfolgte ihren Weg zu mir. Aber nicht nur ich. Die Fahrerin kam offensichtlich vom Reiten, und diese Reithose war wirklich maßgeschneidert. Die Weste und eben auch das T-Shirt saßen wie angegossen. Da flatterte nichts umher. Aus diesem Grunde kamen auch meine beiden Kollegen mit. Vermutlich wollten sie sich nur noch mal meine Belehrung für die Fahrerin anhören. Man kann ja immer noch etwas dazulernen.
„Guten Morgen, nehmen sie bitte Platz“, sagte ich höflich.
„Hallo, das war ja wirklich ein bißchen schnell, die 95 Kilometer“, antwortete die Dame lachend.
Leider trat sie mir beim Einsteigen mit ihren Reitstiefeln kräftig auf den Fuß. Ich sah nur einmal kurz hoch und sagte:
„Macht nichts, ich habe auch Stiefel an.“
„Na, das war ja auch nicht schlimm“, kam ihre Entschuldigung prompt.
Ich schrieb schon, als ich einen leichten Druck an meinem rechten Knie verspürte. Drei, vier, fünf Sekunden lang. Da lag doch wirklich die Hand unserer Klientin auf meinem Knie und fummelte leicht mit ihrem Daumen und Zeigefinger herum.
Reiners große Augen konnte ich schon durch die große Schiebetür sehen, aber von mir erfolgte keine Reaktion.

„So ernst wird's schon nicht werden", sagte sie noch zu mir. Weiter kam die hübsche Frau aber nicht und sah dann entsetzt auf die Punktetabelle. Ein Kreuz beim betreffenden Bußgeld, ein weiteres bei der Punktezahl für diesen Verstoß und dann ein schöner runder Kreis für das Fahrverbot. Das Ganze sah irgendwie aus wie ein Lottoschein, und der Gewinn stand schon fest.
Wir blieben höflich und sie auch.
„Hab' ja auch selber schuld, dann muß ich eben zu Fuß gehen", sagte sie eindrucksvoll und starrte auf den Zettel.
Nachdem sie ihre Papiere wieder eingesteckt hatte, merkte ich es schon wieder. Diesmal auf meinem Oberschenkel. Ihre Hand fuhr langsam herunter und verhielt kurz an meinem Knie. Sie stieg aus, wünschte uns noch einen schönen Tag und fuhr weiter.
Reiner sagte: „Was war das denn eben? Zweimal auch noch."
„Tja nun", sagte Otto, „was soll's!"
Ungewöhnlich war das schon. Aber unsere Fahrerin war zu keiner Zeit unhöflich oder sprach mich direkt an, mal eine Ausnahme zu machen. Sie hatte vielleicht ihre Gründe oder war nur nett zu mir und dachte sich einfach nichts dabei.
„Na, so ein toller Typ bist du ja auch nicht", mußte ich mir noch von meinen beiden Kollegen anhören.
„Aber wem hat sie denn ans Knie gefaßt, euch doch nicht, oder?"
Aber das war nicht das eigentliche Problem. Wir drei stellten uns auf der Rückfahrt einmal vor, einer von uns hätte dieser hübschen Autofahrerin an ihre stramme Reithose gefaßt und die Frau hätte sich berechtigt im nachhinein beschwert.
Die Folgen wären klar. Es hätte eine Anzeige gegeben, ein Disziplinarverfahren und für die Dauer dieser Angelegenheit wäre der Beamte mit Sicherheit nicht mehr im Außendienst eingesetzt worden. Für diesen Ausrutscher wäre der Beamte auch noch mit einer Schlagzeile in der Tagespresse bedacht worden.
Aber die Reizschwelle liegt bei mir hoch, und welche attraktive Frau faßt mir schon unaufgefordert zweimal ans Knie?

Revolverheld im Suff

Eine große Demonstration in Hamburg veranlaßte die Polizeiführung wieder einmal, alle verfügbaren Beamten auf die Beine zu stellen. Aus diesem Grunde wurde eine Schicht der Wache aufgelöst, und es waren 12-Stunden-Dienste für den Rest der Beamten angeordnet. Eine Vielzahl von Kollegen mußte also zur Demonstration. So arbeitet man auch mit Kollegen aus anderen Schichten zusammen. Unsere Dienstschicht war richtig zusammengewürfelt. Aber ich hatte Glück und fuhr mit Birgit auf dem Funkstreifenwagen Peter 43/2. Wir arbeiteten ja auch in unserer Schicht schon länger zusammen.
Gegen 18.30 Uhr lief dieser Einsatz auf:
„Peter 43/2, fahren sie zum Siemersweg 54, dort wartet ein Anrufer und meldet eine Schlägerei und Schreie in einer Wohnung, Sonderrechte zugelassen!"
Ich drückte die Sensortaste für Blaulicht und Horn, Birgit gab Vollgas, und zwei Minuten später fuhren wir am Einsatzort vor.
„Nee, den Verrückten zeige ich ihnen nicht, nur die Wohnung, bin doch nicht lebensmüde", entgegnete uns gleich der Hausbewohner, der die Polizei verständigte.
„Schreie und lautes Klirren habe ich gehört", bekräftigte der besorgte Bürger noch seine Meldung.
So kam es, daß wir kurze Zeit später an der Haustür dieser Wohnung klingelten. Die Tür wurde von einem Mann wütend aufgerissen, aber trotzdem stand ich sofort auf dem Flur. Der obligatorische Fuß klemmte auch schon die Tür fest. Allerdings wurde ich wie ein unerwünschter Vertreter, der einen Staubsauger verkaufen wollte, behandelt.
„Raus hier, Durchsuchungsbefehl, sonst müssen sie mit einem persönlichen Angriff rechnen!" schrie uns der betrunkene Wohnungsinhaber an.
Ich erklärte dem Mann alles nicht unbedingt freundlich, aber so, daß er mein Anliegen verstand. Er wollte es nicht verstehen und fragte wieder nach einem Durchsuchungsbefehl.
„Den habe ich nicht, und ich brauche so einen Beschluß auch nicht", sagte ich bestimmt und etwas lauter zu diesem Herrn.

„Ich bin Hilfsbeamter der Staatsanwaltschaft und ordne hiermit die Durchsuchung ihrer Wohnung an. Sie verfügen nur über ein gefährliches Fernsehhalbwissen“, sagte ich noch überzeugend.
Die Lage war klar und eindeutig. Es bestand der Verdacht einer möglichen Körperverletzung und auch noch die Vermutung, daß sich verletzte Personen in der Wohnung befinden würden. So hatte uns das jedenfalls der Anrufer noch geschildert und sprach so nebenbei von einem Besuch von vier Herren mit Glatzköpfen.
Der Wohnungsinhaber wollte nicht. Kurzerhand ließ Birgit noch einen zweiten Funkwagen mit Blaulicht und Horn vorfahren. Nun überprüften wir die Wohnung. Eine Gegenwehr gab es natürlich nicht. Der schlaue Mensch wurde schlicht und ohne Gegenwehr zur Seite geschoben. Sprachlos stand er noch im Wohnzimmer und schüttelte verständnislos mit dem Kopf. Die Einrichtung war total zerschlagen. So einen großen Scherbenhaufen hatte ich lange nicht gesehen.
„Ihren Ausweis“, sprach ich den Mann an.
„Sag du erst mal bitte, bitte, bitte ...“
Meine Antwort war einfach: „Sie haben es mit der Polizei zu tun und nicht mit ihrem Hausmeister, die Höflichkeit lassen wir bei ihnen heute mal weg.“
Natürlich gab es keinen Ausweis, aber auch kein „bitte bitte“ von mir. Außerdem war der junge Mann nicht in der Position, wo es sich anbietet, Forderungen an die Polizei zu stellen. Es lagen diverse Lohnabrechnungen auf dem Tisch. Hier schrieb ich den Namen ab, und danach ließen wir den Mann in seinem Glashaufen sitzen. Er wollte nichts von uns.
Aber wer sich einer polizeilichen Maßnahme widersetzt, muß mit einer Strafanzeige rechnen. In diesem Fall bestand der Verdacht des Widerstandes gegen Vollstreckungsbeamte. Die juristische Wertung dieses Falles überlassen wir dann den Gerichten. So war es auch in diesem Fall. Damit war der Einsatz für uns erledigt.
Nur eine Stunde später meldete der Funksprecher sich wieder. Gleicher Einsatzort, allerdings nun mit dem Hinweis: „Person mit Revolver auf dem Balkon.“

Wir fuhren schon wieder mit Blaulicht und Horn in die Richtung, verfolgt von Peter 43/3 mit Thomas und Gerd als Besatzung. Bei Einsätzen dieser Art versuchen wir, uns gegenseitig zu unterstützen. Vier Augen sehen eben mehr als zwei.
Nach einer kurzen Besprechung direkt an der Hausecke ging ich auf die Rasenfläche unterhalb des Balkons. Da stand er, der Verrückte von 18.30 Uhr. In der Hand hatte er einen großen Trommelrevolver. Das konnte ich schon aus der Entfernung sehen. Birgit, Thomas und Gerd standen verdeckt vor dem Hauseingang und wurden von einer älteren Dame ins Haus gelassen, die vor Schreck zitterte und froh war, daß die Polizei so schnell kam. Aber die Tür oben in der ersten Etage zur Wohnung war verschlossen.
Zu dieser Zeit stand ich in der Mitte der Rasenfläche. Links und rechts standen die Anwohner auf ihren Balkonen und sahen sich die fernsehreife Schau an.
Ich zog meine Dienstwaffe und schrie den Mann an:
„Revolver weg, Hände hoch!“
Die Waffe legte der Mann sofort in den Blumenkasten, konnte diese aber noch jederzeit erreichen.
Die Hände waren oben, aber der Kommentar, der folgte, war nicht nett.
„Schieß doch, du Pisser, leg mich doch um!“
In diesen Fällen sind Nerven gefragt. Keiner weiß letztendlich, was das für ein Irrer ist, der eine solche Maßnahme von einem Polizeibeamten lautstark fordert.
Der Mann war außerdem ganz schön mutig. Immerhin stand ich nur etwa acht Meter von ihm entfernt, und er stand auf seinem Balkon wie auf dem Präsentierteller. Das ist eine Entfernung, wo durchaus ein Schuß treffsicher einschlägt. Ich hatte freies Schußfeld, konnte keine anderen Personen gefährden, und eine eventuell abgefeuerte Kugel wäre lediglich in die Wohnung eingeschlagen.
Die Anwohner sahen gespannt in unsere Richtung. Einige hatten noch ihre Gläser in der Hand, auf anderen Balkonen qualmte der Grill. Es war schon beeindruckend, einen Polizeibeamten im Garten zu sehen, der noch auf einen kurz vorher bewaffneten Mann zielt.

Aber der Verrückte schrie nur und wagte es nicht, nach seiner Waffe zu greifen. So war ein Schußwaffengebrauch oder auch ein Warnschuß nicht zu rechtfertigen. Man muß eben die Nerven behalten.
Auch der Normalbürger wird verstehen, daß dieser Mann der Polizei nicht mehr selbst die Tür öffnen kann. Das wäre viel zu gefährlich. Nach einer kurzen Zeichenabsprache stürmten die drei anderen Kollegen die Wohnung. Ich konnte unten kurz ein Krachen hören, dann stand der Mann mit den Händen an der Wand. Drei Minuten später saß die Person gefesselt im Streifenwagen und regte sich über seinen zerschlagenen Türrahmen auf. Die Tür wurde von uns zugezogen, nachdem wir den Revolver aus dem Blumenkasten nahmen. Die Tür war sicher ins Schloß gefallen und hielt auch im Rahmen.
Die Waffe war erlaubt. Es handelte sich um einen 9 mm Gasrevolver. Wer weiß das vorher? Ein Fehler in solchen Sachen könnte einem Polizeibeamten das Leben kosten.
Der Wohnungsinhaber hatte zwei Promille und wußte nicht, wo er war. Er blieb die ganze Nacht bei uns. Eine Maßnahme, die für die Nacht Ruhe versprach, zumindest in diesem Haus.
Zwei Tage später kam der Revolverheld zur Wache und entschuldigte sich. Er hatte zuvor noch nie was mit der Polizei zu tun gehabt. Ein einmaliger, aber gefährlicher Ausrutscher, so versicherte er mir das.
„Zwei Anzeigen in einer Stunde, wir werden mal abwarten, was das Amtsgericht dazu sagt", entgegnete ich.
Die Entschuldigung habe ich zur Kenntnis genommen, mehr nicht. So spaßig fanden die Kollegen und ich die Sache nicht.
Aber der Einsatz hat wieder gezeigt, daß Polizeibeamte, auch wenn sie sich nicht genau kennen, professionell zusammenarbeiten können. Das war in diesem Fall wichtig.

Der große Kleingarten

Jeder Schutzmann weiß, daß die Polizei einen Täter, der in ein Kleingartengelände läuft, nicht kriegen muß.
Dieser Gedanke ging mir auch durch den Kopf, als Ben und ich mit unserem Funkstreifenwagen den Auftrag bekamen, nach einem flüchtigen Autodieb zu suchen.
„Diese Lauben und vielen Gänge sind nicht optimal", dachte Ben noch laut nach, als wir gerade durch die Ausfahrt der Autobahn rasten. Außerdem lag dieser Einsatzort, wie so viele, nicht gerade um die Ecke. Die langen Anfahrten geben dem Täter immer wieder Zeit genug, sich aus dem Staube zu machen.
Aber es nützte ja nichts. Wir meldeten uns bei dem Einsatzführer Tim. Der hatte eine gute Idee. Oder auch nicht, je nach dem, wie man das sieht.
„Wir laufen jetzt mal die einzelnen Gänge ab und werden ja sehen, ob wir den Mann finden. Personenbeschreibung habt ihr ja mit!"
„Klar", sagte ich, „180 cm groß, Jeans, rotes T-Shirt und blaue Baseballkappe."
Wir trabten los und liefen die Wege zwischen den einzelnen Lauben ab. In der Mitte etwa trafen wir Tim und fragten ihn ernsthaft, ob die ganze Kolonie durchsucht werden sollte. Für ihn war das klar, und auch unser Hinweis auf die scheinbar nicht endende Kolonie stimmte ihn nicht um. Es ging weiter, Gang für Gang. Mittlerweile hatten wir einen Fußmarsch von rund 30 Minuten hinter uns.
Erst schien die Sonne, dann kam wieder ein Regenschauer. Ich bedauerte mich selbst und dachte:
„Man hat es nicht leicht!"
Bei diesem Gedankengang kam mir plötzlich ein junger Mann entgegen. Der sah schüchtern nach unten und hatte allerdings ein schwarzes T-Shirt an. Der Rest der Beschreibung traf aber zu. Der Mann wurde von mir angesprochen und aufgefordert, sich auszuweisen. Das tat er auch.
„Ich wohne dahinten", sagte er und zeigte auf eine alte Gartenlaube. Schon in Gedanken war ich fest überzeugt, daß das unser Autodieb war.

Nur mußte ich jetzt noch den Bogen kriegen, um aus diesem harmlosen Spaziergänger einen flüchtigen Autodieb zu machen.
Das ist nicht einfach, und es folgte sofort eine rechtliche Belehrung von mir. Diese Belehrung steht jedem Straftäter zu. Eigentlich sollte das so ablaufen wie im Fernsehen und gleichzeitig erzählte ich der Person, um was es hier überhaupt ging. Darüber dachte er einfach zu lange nach. Sofort stellte ich ihm zwei gezielte Fragen.
„Sie hatten vorhin ein rotes T-Shirt an, oder?"
Wieder überlegte der junge Mann etwas länger und sah mich verdutzt an.
„Na, ich glaube, ich habe hier den Richtigen, sie wollten das Auto klauen, ist das so richtig?"
Vorhalte und Vermutungen sind immer gut. Als alter Schutzmann beherrsche ich schon seit Jahren das ABC der Miss Marple. Wer das nicht kennt, zählt eben 1 und 1 zusammen. Das Ergebnis ist gleich. Mein unfreundlicher Blick in die Augen des Übeltäters übernahm dann den Rest. Wie selbstverständlich legte er ein Geständnis ab und wollte uns die anderen Kleidungsstücke, die er gewechselt hatte, auch noch zeigen.
„So doof seid ihr wohl doch nicht, das mit dem Umziehen hat wohl nicht geklappt", sprach er zu sich selbst.
Ich sah nur einmal von oben bis unten an dem Mann herunter. Er trug eine enge Jeans und ein gut passendes T-Shirt. Ben kam hinterher und auch unser Einsatzführer, dem ein leichtes Grinsen durch das Gesicht huschte. In diesem Fall sprachen wir ihm ein Kompliment aus, obwohl wir uns die Füße abgelatscht hatten. Was sollten wir sagen? Es war ja sein Erfolg, und wer den Täter festnimmt, ist eigentlich doch egal. Gemeinsam gingen wir in die Gartenlaube. Es war alles da. Er zeigte uns die Kleidung, die er bei der Tat trug. Außerdem fanden wir noch Werkzeug, und nun wollten wir zur Wache fahren. Ben wurde plötzlich aktiv. Er durchsuchte den Mann noch mal, obwohl er davon ausging, daß ich das schon gemacht hatte.
Ich sagte nichts, sah aber gespannt zu.
Plötzlich wurde der Blick meines Kollegen ernster, als er zu mir herübersah. Was zog Ben dort aus dem Gürtel? Ich konnte das nicht

fassen. Hinter der breiten Gürtelschnalle, also von innen, steckte ein 9 mm Trommelrevolver!
Jederzeit hätte der Festgenommene diese Waffe ziehen können, als wir mit ihm zur Laube gingen. Das war ein ganz großer Patzer von mir und darf nicht passieren. Sehen konnte ich die Waffe nicht, aber eine genaue Durchsuchung hatte ich ja auch an Ort und Stelle nicht durchgeführt. Der erste Blick kann doch sehr täuschen.
Es war zwar ein Gaswaffe, aber trotzdem: Auch diese knallt ganz gewaltig, und kein Mensch kann die von einer scharfen Waffe unterscheiden. Über den Fund meines Kollegen und meinen Fehler habe ich noch eine Weile nachgedacht.
Auf der Fahrt zur Wache habe ich den jungen Mann noch einmal „vollgelullt", wie das so schön heißt. Man redet und redet, und schließlich bricht alles aus einem Straftäter heraus. Immerhin ist der ja wohl nicht das erste Mal unterwegs gewesen, um ein Auto zu klauen. Meine beiden Kollegen konnten meine Unterhaltung mit unserem Kandidaten nicht mehr hören. Gelangweilte Blicke wurden mir zugeworfen. Aber er gab auf der Fahrt dann doch kurz fünf Autodiebstähle in der vergangenen Woche zu.
„Wie soll ich denn sonst zu meinem Freund nach Altona kommen?" fragte er noch mitleidig. Was sollte ich in dieser Situation einem 18jährigen antworten? Ich verwies ihn mit seinem Anliegen an den Jugendrichter. Vielleicht hatte der ja Verständnis für den jungen Autofahrer ohne Schein.
Der junge Mann wurde nach der Vernehmung durch die Kripo entlassen. Immerhin hatte er bei der letzten Tat eine Schußwaffe bei sich. Das ist dem Gesetz nach strafverschärfend, und die anderen Diebstähle kamen einfach noch auf den schon langen Strafzettel drauf.
Kurze Zeit später fanden wir wieder ein gestohlenes Fahrzeug dort in der Nähe.
Es stand wohl wieder ein Besuch in Altona an.

Das letzte Highlight

Der aufmerksame Leser hat sicherlich die beiden Fälle mit den Brandsätzen in der Wache und auch die Situation auf dem Baukran nicht vergessen.
Auf einen Baukran zu steigen und dort mit einem Lebensmüden zu reden, ist bei einigen Polizeibeamten schon vorgekommen. Das ist gefährlich, interessant, aber nicht unbedingt außergewöhnlich.
Der Verrückte mit den Brandsätzen am Tresen ist dagegen lebensgefährlich und auch in Kreisen erfahrener Polizeibeamter eine nervenaufreibende Situation.
Einige Wochen nach diesen Vorfällen sprach mich mein Revierführer an. „Früher gab es doch noch Auszeichnungen und Anerkennungen durch den Polizeipräsidenten", sagte er zu mir. „Ich wollte sie für diese beiden Fälle mal vorschlagen."
Zu dieser Sache habe ich mich kurz, aber präzise informiert. In der Dienstvorschrift gibt es einen entsprechenden Vermerk, der sich gewaltig anhört.
„Lob und Anerkennungen sind ein wichtiges Führungsmittel und für die Motivation unerläßlich", heißt es dort sinngemäß.
Orden und Ehrenzeichen werden schon seit Jahren nicht mehr verliehen. Das ist auch nicht besonders wichtig, denn schließlich werde ich für meinen Dienst am Bürger bezahlt. Es gibt aber Fälle, die gehen über das normale Maß weit hinaus und führen zu einer erheblichen Eigengefährdung, die nur innerhalb von Sekunden bedacht werden kann.
Im nachhinein sagen viele:
„Na, das war ja einfach, oder ist doch ganz gut ausgegangen."
Über die beabsichtigte Anerkennung habe ich lange nachgedacht, schließlich die Sachverhalte, wie in meinem Buch, geschildert und dem Chef vorgelegt. Ein Außenstehender sollte ja diese Fälle objektiv beurteilen können.
Ich behaupte auch, daß keiner dieser Sachbearbeiter jemals auf einem Baukran gestanden oder mit einem Verrückten, der Brandsätze anzünden wollte, verhandelt hat.

Auf dem Dienstwege wurde diese Belobigung an den Präsidenten abverfügt. Zwei Monate lang tat sich nichts, es dauerte eben. Ich hatte auch keine Vorstellungen, wie das in der heutigen Zeit intern ablaufen würde, so eine Anerkennung durch den Präsidenten.
Damals, bei der Verleihung des Roten Verdienstabzeichens, bekam ich mit einigen anderen Kollegen einen persönlichen Termin. In kleiner Runde wurde über das betreffende Ereignis noch einmal kurz gesprochen, und danach gab es eine freie Unterhaltung mit dem Präsidenten.
Eines Tages kam ein Anruf von der Dienststelle. Ein Kollege, der die Post durchsah, teilte mir mit, daß für mich ein Brief des Polizeipräsidenten eingetroffen sei.
„Das könnte ja wichtig sein", meinte er noch.
Ich holte mir den Brief ab. Ein schlichter Brief mit der Behördenpost. In den ersten zwei Absätzen wurden die beiden Fälle nochmals kurz zusammengefaßt.
Aber dann hieß es wörtlich:
„Sie haben ungeachtet der Gefährdung Ihrer Person ein Menschenleben gerettet. Durch Ihr couragiertes Handeln haben Sie bewiesen, daß Sie bereit sind, sich unter Zurückstellung eigener Belange und unter Inkaufnahme eigener Gefährdung für in Not befindliche Menschen einzusetzen.
Mit Ihrem schnellen, umsichtigen und sachgerechten Handeln haben Sie ein hohes Maß an polizeilicher Berufsmotivation gezeigt sowie Pflichtbewußtsein und Mut bewiesen und damit zur weiteren Erhöhung des Ansehens der Hamburger Polizei in der Öffentlichkeit beigetragen. Auch hierfür bedanke ich mich bei Ihnen.
Anm.: Eine Kopie dieses Schreibens wird zu Ihrer Personalakte genommen."
Na, das hört sich ja alles sehr schön an, und abgeheftet wird das Schreiben auch noch. Ich beurteile das Schreiben mit meinen 27 Dienstjahren für mich ganz persönlich.
Konnte ich eigentlich mehr erwarten?
Eine jüngere Kollegin oder Kollege, so Mitte zwanzig, wäre mit Sicherheit enttäuscht gewesen. Der hätte vermutlich gedacht: „Mehr nicht, nicht mal einen persönlichen Termin beim Präsidenten?"

Motivation ist ein schwieriges Thema und eine persönliche Linie des jeweiligen Vorgesetzten.
Ein einfacher Brief, auf dem Dienstwege, ist meiner Meinung nicht genug, wenn diese Verfahrensweise hinsichtlich Anerkennungen überhaupt noch eine Bedeutung haben soll.

Appell an den Bürger und Politik

Viele Bürger wenden sich mit ihren Anliegen an die Polizei. Das ist auch richtig. Die Politiker werben ständig mit Bürgernähe. Die Schutzpolizei bietet einen 24-Stunden-Service. Keine andere Behörde kommt an diese Spitzenleistung heran. Außerhalb der allgemeinen Dienststunden ist die Schutzpolizei für alles und nichts zuständig.
Jedes Schulkind kennt die Nummer 110 und weiß, daß dort immer jemand ist und mit Rat und Tat zur Seite steht.
Wir kümmern uns um die verwirrte alte Dame, den entlaufenen Hund, nehmen Verkehrsunfälle auf, beruhigen Streithähne und sind bei allen Gewaltdelikten so schnell es geht vor Ort.
Jeder Schutzpolizeibeamte läßt alles stehen und liegen, wenn eine entsprechende Meldung an die Polizei erfolgt und Eile geboten ist. Dies liegt an der Motivation der Beamten. Ich könnte mit 70 oder 80 km/h zum Einsatzort fahren. Niemand würde mir einen Vorwurf machen. Jeder Fahrer holt aber bei einem Hilferuf das Letzte aus seinem Einsatzfahrzeug heraus und das mit Sicherheit abends um neun oder morgens um fünf. Auf diesen Einsatzfahrten trägt der Kollege das Risiko ganz allein und hat eine gewaltige Verantwortung, auch anderen gegenüber.
Wie lange wir das noch leisten können, steht in den Sternen. In hektischen Nächten habe ich einigen empörten Bürgern erklärt, wie viele Beamte im Revier zur Verfügung stehen, die direkt mit dem Einsatzgeschäft befaßt sind. Das sind die Beamten, die einen Streifenwagen besetzten und zu einem Einsatz fahren. Plötzlich hatten sie Verständnis für die lange Wartezeit.

Ein Arzt schüttelte über unseren 12-Stunden-Nachtdienst nur den Kopf und hatte morgens um fünf richtig Mitleid mit uns, als er einen lapidaren Kelleraufbruch anzeigte.
„Hätte ich das gewußt", entschuldigte er sich noch.
Ich habe in viele entsetzte Gesichter unserer Bürger gesehen, als diese uns ein schönes Wochenende wünschten und zur Antwort bekamen: „Vielen Dank, aber Sonnabend Spätdienst und Sonntag Nacht, da bleibt nicht viel über!"
Der Bevölkerung müssen wir immer wieder klar vor Augen führen, wer denn kommt, wenn der Einbrecher im Haus ist, die Ehefrau überfallen wurde, das Kind weggelaufen ist oder Opa einen Verkehrsunfall verursacht.
Richtig, nach dem Alarm über 110 fährt Tag und Nacht ein Funkstreifenwagen der Schutzpolizei vor. Diese Frauen und Männer kümmern sich um alles. Die anderen Dienststellen der Polizei sind genauso wichtig, aber nicht 24 Stunden für den Bürger im Einsatz.
Wir fahren gern rund um die Uhr und kommen lieber einmal umsonst, als einmal zu spät. Das ist so die Einstellung vieler Kolleginnen und Kollegen. Allerdings fühlen sich diese schon beim täglichen Dienst manchmal völlig auf sich allein gestellt.
Es fängt schon bei einem selbstverschuldeten Verkehrsunfall auf einer Einsatzfahrt mit Blaulicht an. Nicht umsonst weist der jeweilige Funksprecher darauf hin, daß die besondere Sorgfaltspflicht auf dieser Fahrt zu beachten ist. Das hören die Fahrer aber am Tag diverse Male und nehmen diesen Hinweis mit Sicherheit nicht mehr ernst.
Ein Polizeibeamter, der mit über 80 km/h bei Rot über eine Kreuzung rast, ist wahnsinnig. Er hat wohl mit seinem Funkstreifenwagen das Vorrecht, aber dazu gehören immer noch zwei. Ein erfahrener Polizeifahrer läßt dem bevorrechtigten Pkw eine Chance, auch noch anzuhalten. Diese Sekunden werden auf freier Fahrt schnell wieder eingeholt.
Aber trotzdem gibt es hin und wieder Verkehrsunfälle mit Einsatzfahrzeugen. Das ist auch fast normal. Je mehr Blaulichtfahrten, desto höher ist das Risiko für alle Beteiligten.
Nun ist es so, daß der verantwortliche Fahrzeugführer der Polizei von seinen Vorgesetzten nicht unbedingt bedauert wird.

In jedem Fall wird geprüft, ob der Beamte grob fahrlässig gehandelt hat. Liegt das vor, ist der Beamte schadenersatzpflichtig und muß zahlen. Viele Normalbürger wissen einfach nicht, daß die Behördenfahrzeuge eigentlich nicht versichert sind. Bei Schadenfällen haftet das Land Hamburg. Natürlich haben die geschädigten zivilen Fahrzeugführer dadurch keinen Nachteil.
Eines sei nur ganz klar gesagt! Durch die leeren Staatskassen versuchen manche Sachbearbeiter der Rechtsabteilung, den Beamten haftbar zu machen.
Mit diesem Wissen sollte der Bürger einmal darüber nachdenken, was für ein Risiko der jeweilige Fahrer des Einsatzfahrzeuges trägt, wenn dieser auf dem Weg zu einem Einsatz ist.
Die Einsatzfahrzeuge der Polizei werden gefahren, bis sie auseinanderfallen. Es spielt dabei keine Rolle, ob die Sitze noch bequem sind oder das Auto an verschiedenen Stellen klappert. So kommt es auch zustande, daß unser schnellster Streifenwagen, ein Ford Scorpio Kombi, 2,3 Liter und 150 PS, schon rundherum erneuert wurde. Dieser Wagen lief innerhalb von zwei Jahren rund 160.000 Kilometer und hat Situationen durchgemacht, die ein normaler Pkw in seinem ganzen Autoleben nicht erfährt. Dieser Ford ist robust, zuverlässig, und flüchtende Fahrzeuge haben kaum eine Chance zu entkommen.
Viele Bürger blicken mit Sicherheit etwas neidisch, wenn sie die neuen Mercedes-Funkstreifenwagen sehen. Diese Zeiten hatten wir bereits in den 60er und 70er Jahren.
Das Streifefahren mit Fahrzeugen dieser Klasse hat wirklich Niveau, und auch die passive Sicherheit ist bei diesem Fahrzeugtyp unumstritten. Dafür sind wir dem Dienstherrn dankbar. Aber auch ein Mercedes muß in die Werkstatt, wenn er verbeult wird. Auch diese Fahrzeuge haben einen Kilometerstand von weit über 100.000. Das zeigt, daß die Wagen gerne gefahren werden.
Allerdings sollte der Einkäufer mal etwas nachdenken. Ein 2-Liter-Motor ist in dieser Klasse etwas wenig.
Von der passiven Sicherheit bei Fahrzeugen geht es nahtlos über zur persönlichen Sicherheit. Wird der Tod eines Polizeibeamten beklagt,

fragen sich die verantwortlichen Politiker sofort, wie denn so etwas möglich war.

Die Polizei Hamburg hat es bis vor kurzem nicht fertig gebracht, jedem Polizeibeamten im Funkstreifendienst eine eigene schußsichere Weste zur Verfügung zu stellen. Dabei ist es unerheblich, ob auf jedem Funkwagen zwei Westen in einer Tasche liegen und gegebenenfalls angelegt werden können. Dazu fehlt in einigen Situationen einfach die Zeit. Es gibt große, mittlere und kleine Polizeibeamtinnen und -beamte. So ist es auch bei den Westen. Hier hilft nur eine Maßanfertigung und nicht der einfache Standard. Viele Beamte quälten sich schon in Hektik in eine Weste aus dem Kofferraum, die vorn und hinten nicht paßte.

Die Bevölkerung und einige große Firmen haben sofort reagiert. Es ist doch aber peinlich, in einer professionell arbeitenden Polizei auf Spenden angewiesen zu sein und diese noch im Losverfahren zu vergeben. Ich habe mir selbst eine Weste beschafft und erhielt damals einen großzügigen Zuschuß in Höhe von 400 Mark, den allerdings verteilt auf jährlich 100 Mark.

Genauso knapp wie dieser Zuschuß wird die Personaldecke gehalten. Mittlerweile haben einige und auch ich den Eindruck, das wir immer weniger, die Ansprüche und Ziele aber höher als je zuvor gesteckt werden. Wenn ich zurückdenke, kann man stolz auf die verantwortlichen Polizeiführer und auch Kollegen sein, wie diese teilweise dramatische und gefährliche Großeinsätze meisterten. Nur den Spruch „Das kriegen wir schon hin" kann wirklich keiner mehr hören.

Auch die Einsatzbelastungen an den Revieren ist in den letzten Jahren gestiegen. Eben diese Beamte werden zusätzlich noch für Großeinsätze herangezogen. Ich glaube, ein Bürger weiß nicht so genau, wo die vielen Hundertschaften mit einem Mal herkommen. Hierzu sei gesagt, daß von den ganzen Revieren Polizeibeamte abgezogen werden. So bekommt die Führung schnell Personal. Allerdings fehlen diese Schutzleute im eigenen Revier und dort stehen eben nicht vier, sondern nur zwei Streifenwagen für die Bevölkerung zur Verfügung. Der Kreis des Schichtendienstes innerhalb der Polizei wird mißbraucht, weil der eben 24 Stunden lang da ist.

Mittlerweile hat man aber einiges für diese Kollegen getan. So wurde die Zulage für die Feiertage und Nachtdienste erhöht. Ich habe noch für 0,75 Pfennig und später für 1,25 Mark pro Stunde zum Beispiel an einem Sonntag gearbeitet. Heute nähern wir uns immerhin fast der Grenze zu fünf Mark. Zur freien Wirtschaft ist das allerdings immer noch ein Witz. Kein Handwerker würde für diesen Stundenlohn an einem Sonntag aufstehen.
Aber das Überleitungsprogramm (prüfungsfreier Aufstieg vom mittleren in den gehobenen Polizeidienst) war ein deutliches Zeichen der Politik. Viele Hauptmeister (mittlerer Dienst) schafften innerhalb von ein paar Jahren den Aufstieg bis zum Polizeihauptkommissar. Das ist allein von der finanziellen Seite attraktiv, obwohl die Tätigkeit im Schichtdienst blieb. Diese Möglichkeit bleibt aber nur denen vorbehalten, die bereits das 40. Lebensjahr erreicht haben und mit Sicherheit dann schon zwanzig Jahre im Dienst sind.
Die Liste wäre noch unendlich lang, und viele Probleme könnten noch erwähnt werden. Die verantwortlichen Politiker haben viel getan. Auch ihnen sind Grenzen gesetzt, und Veränderungen brauchen nun mal Zeit. Sparzwänge dürfen aber nicht zu Lasten der inneren Sicherheit gehen und Menschenleben nicht davon abhängen.

Ein guter Rat

Der Polizeiberuf ist interessant. Viele junge Frauen und Männer stehen am Straßenrand, bekommen leuchtende Augen, wenn die Streifenwagen mit Einsatzhorn und Blaulicht durch die Straßen rasen. Ich weiß, daß viele denken: „Das will ich auch machen!“
Es werden sicher viele schöne Dinge erlebt. Manche Erlebnisse sind wirklich einmalig. Heute habe ich immer noch ein warmes Gefühl im Körper, wenn mein persönlicher Einsatz lebensrettend oder einfach nur wichtig war. Von den vielen Erfolgen und Festnahmen nach Raub, Einbruchs- oder Tötungsdelikten möchte ich gar nicht sprechen.

Für viele Bürger ist der Beamte der Held, für andere wieder nur ein Idiot oder schlichter Arsch, der seine Uniform auslüftet. Mit diesen Problemen muß der Polizeibeamte leben. Die Reizschwelle sollte sehr hoch sein. Allerdings hat auch alles seine Grenzen. So mancher Amtsrichter erklärte im nachhinein diesen uneinsichtigen Mitbürgern, wie man sich auf der Straße zu benehmen hat. Im Laufe der Jahre kann jeder Polizeibeamte etwas abstumpfen und Beleidigungen dieser Art für sich beurteilen.
Für diesen risikoreichen Beruf ist eine jahrelange Erfahrung und Routine erforderlich. Nach etwa fünf Jahren Außendienst weiß fast jeder, wie der Hase läuft. Ein Berufsanfänger sollte nicht ärgerlich werden, wenn er von seinem älteren Streifenführer einmal gebremst wird. Viele Dinge sind grundsätzlich nicht falsch, die so in den Gedanken kreisen, aber einiges kann anders gemacht werden.
Der Schichtdienst ist vernichtend. Viele Freunde und Bekannte springen ab, weil der Dienst oft vorgeht. Das Personal wird immer weniger. Die Polizeiführung, das muß jeder wissen, setzt immer eine Mindeststärke für den Dienstbetrieb voraus. Bei einer Krankmeldung wird oft die eingetragene Freischicht gestrichen, und der Beamte muß zum Dienst erscheinen. Der Rest von uns bewältigt die vielfältige tägliche Arbeit. Die Polizei kann nie sagen: „Wir können nicht kommen."
Trotzdem möchte ich jede Frau und jeden Mann ermutigen, diesen interessanten und gefährlichen Beruf zu ergreifen. Die Frauen haben sich im Laufe der Jahre bewährt. Sie beweisen jeden Tag im Einsatz ihr Können und ihre Leistungsfähigkeit. Es ist kein Beruf, der nur Männern vorbehalten ist. Selbst harte Frauengegner kommen irgendwann zu der Erkenntnis, daß in diesem besonderen Einsatz eine Frau benötigt wird. Das ist heute kein Problem, wir haben sie ja.
Der belastende Funkstreifendienst sollte jüngeren Beamten vorbehalten sein. Nach zehn, 15 oder auch 25 Jahren brennt das persönliche Feuer schon mal auf Sparflamme. Die Polizei bietet fast alles an. Die Wege nach oben oder in einen anderen Dienstbereich stehen jedem offen. Dazu ist die Unterstützung der Polizeiführung erforderlich.

Abschluß

Diese Geschichten zeigen einen kleinen Ausschnitt meiner Erlebnisse. Viele Erinnerungen sind im Laufe der Zeit doch verlorengegangen.

Mit Sicherheit gibt es Kolleginnen und Kollegen, die mehr an Dramatik erlebt oder größere Erfolge erzielt haben als ich.

Ich habe mir nur die Zeit genommen, etwas aus meiner langen Dienstzeit zu berichten. Selbst zwei Jahre nach meinem 25jährigen Dienstjubiläum bin ich der Ansicht, daß meine Entscheidung 1973 richtig war, den Polizeiberuf zu wählen. Es war oft dramatisch und auf der anderen Seite manchmal ätzend langweilig in den einsatzlosen Nächten.

Ohne sentimental zu werden, denke ich immer wieder an die vielen Polizeibeamten, die nicht nur in Hamburg, sondern bundesweit im Kampf um das Verbrechen oder nur weil sie dem Bürger helfen wollten, ums Leben kamen.

Von einer Sekunde auf die andere kann es jeden von uns treffen.

In der Zwischenzeit bin ich Polizeioberkommissar. Ich besetze immer noch gerne einen der vier Einsatzfahrzeuge des Reviers. Wenn es die Gesundheit zuläßt, werde ich noch einige Jahre im Funkstreifenwagen mit viel persönlichem Einsatz und Spaß für Sicherheit und Ordnung sorgen. Wir werden sehen, wie lange ich mit den jungen Kollegen mithalte. Kein Tag ist wie der andere.

Die Funksprüche von Udo aus Billstedt und Herbert in der Funkzentrale bei Michel 4 höre ich mir immer wieder aufmunternd an. Beide kennen mich seit Jahren und haben sich offensichtlich abgesprochen: „Na, alter Mann, immer noch auf Funk ...?“

Kurzinformation über den Autor:

Bortz, Burkhard
geb. 25. Juli 1956 in Hamburg
verheiratet, drei Kinder

Dienstgrade:

Einstellung in die Polizei Hamburg am 1. Oktober 1973

Polizeiwachtmeister 1973

Polizeioberwachtmeister 1974

Polizeihauptwachtmeister 1976

Polizeimeister 1978

Polizeiobermeister 1985

Polizeihauptmeister 1994

Polizeikommissar 1997

Polizeioberkommissar 1999

Dienstzeiten:

Ausbildung von Oktober 1973 - Oktober 1976

Bereitschaftspolizei Hamburg bis Oktober 1977

Polizeirevier 15 - Davidwache -

Gesamtdienstzeit von Oktober 1977 - März 1996

Zivilfahnder in den Jahren 1979 - 1985

Funkstreifendienst, Vertreter des Wachhabenden
bis Dezember 1995

Polizeirevier 43, Hamburg-Bergedorf bis Juli 1997

Polizeirevier 44, Hamburg-Wilhelmsburg bis Dezember 1997

Polizeikommissariat 43, Hamburg-Bergedorf ab Dezember 1997